LINE 5

초판 1쇄 인쇄일 2015년 4월 24일 | **초판 1쇄 발행일** 2015년 4월 28일

지은이 안민현 | **펴낸이** 곽중열 | **담당편집 팀장** 이범수
편집부 신연제 이윤아 김호성 김은경

펴낸곳 (주) 조은세상 | 출판등록 제 2002-23호
주소 경기도 고양시 일산동구 장항동 558번지 6호
TEL 편집부 02)587-2966 영업부 031)906-0890 | FAX 031)903-9513
e-mail bukdu@comics21c.co.kr

ISBN 979-11-5832-054-6 | ISBN 979-11-5512-368-3(set) | 값 8,000원

※잘못 만들어진 책은 바꿔 드립니다.
※저자와의 협의에 의해 인지는 생략합니다.

룬
LUNE
5
안민현 퓨전 판타지 장편소설
NEO FUSION FANTASY STORY & ADVENTURE

북두
(주)좋은세상

NEO FUSION FANTASY STORY & ADVANTURE

LINE

NEO FUSION FANTASY STORY & ADVANTURE

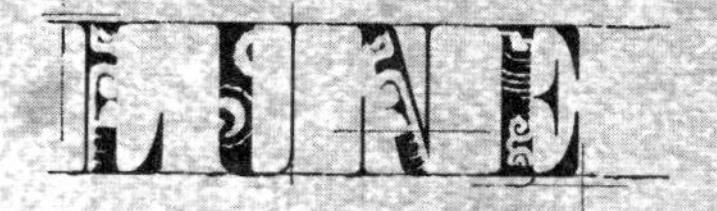

제1장

뜻밖의 기연

제 1 장

뜻밖의 기연

룬이 처음 왕궁으로 왔을 때는 죄인의 신분이었다. 정확히는 혐의를 받고 있는 상태였지만 덕분에 좋은 거처를 배정받지 못했다.

입구에는 가드들이 지키고 있었고 방안에 있는 거라고는 침대뿐이었다. 거처라기보다는 사실 철창 없는 죄수실에 가까웠다. 이제는 혐의를 풀어 가드들은 없지만 침대뿐인 방은 여전했다.

후우.

룬은 마나연공을 마치고 자리에서 일어났다. 연공을 하면 차가운 물로 샤워를 한 것처럼 정신이 맑아지기 마련인데, 머리는 여전히 복잡했다.

룬은 현 상황을 점검해 보았다. 앞으로 왕궁에서 일정은 기사단등록이 전부였다. 공식적으로 한다고 했을 때는 조금 불안했지만 이제는 어느 정도 마음이 놓였다.

왕궁에 와서도 간접마나연공을 지속적으로 했기 때문에 레이센드 이외에도 트레이, 디세움 등이 마나유저의 길에 접어들었다.

그와 함께 플리에오르가 지속적으로 대련식으로 수련을 하여 짧은 사이 엄청난 실력향상을 가져 왔다.

가장 문제가 될법한 검무시연은 리오도르가 심사관의 입맛에 맞게끔 수정을 해줬기 때문에 문제가 없었다.

기사단등록을 마친 다음에는 바로 제국으로 갈 계획이었다. 한 가지 마음에 걸리는 건 바르타인공작이 룬의 요구를 너무 쉽게 받아들였다는 것이다.

스엣을 지하감옥에서 빼내는 위험을 감수한 것 치고는 조금 납득하기 힘든 일이었다.

'내가 절대 스엣을 버릴 수 없다는 확신을 한 건가?'

일단은 그렇게밖에 생각할 수 없었다. 어쩌면 그의 말대로 정말 룬을 위한 배려일 수도 있었다.

'시기가 묘하게 잘 맞아 떨어지겠군. 바르테오님과 약속한 시간에 자연스럽게 트린베니아에 갈 수 있겠어. 중간에 짬이 나는 지 한 번 물어봐야겠어.'

제국으로 가려면 트린베니아를 경유해야한다. 공교롭

게도 일정이 늦춰 지면서 바르테오와 약속한 시간과 맞물리게 되었다.

알아본 바로는 제국으로 가기 위해서는 몰로니아항구를 통해야 했다. 자연스럽게 바르테오와의 약속장소로 갈 수 있었다.

'융커님을 어떻게 처리해야 할지 조금 신경이 쓰이는군.'

융커와 함께 제국으로 가기로 되어 있었다. 하지만 그는 왕국의 입장에서는 제국의 간자였다.

'경유지를 알고 있는 이상 그가 없다고 가지 못할 이유는 없지. 안타깝지만 데이미안왕자님께서도 그가 간자라는 것을 알고 있는 이상 이곳에서 뼈를 묻게 되겠지… 당장은 기사단 등록에만 집중하자.'

여전히 머리가 맑지는 않았다. 그럴 수 있는 상황이 아니었다. 하지만 불안감은 애써 무시하고 가능한 밝은 생각만 하기로 했다.

첸이 르니에르왕국에 정착한지도 어언 이년이라는 시간이 흘렀다.

첸은 명왕과 있었던 지난날을 떠올렸다.

명왕과의 사이는 제법 나쁘지 않았었다. 아니, 오히려 좋았었다. 부모가 없는 첸에게 명왕은 아버지같은 존재였다. 가끔 사소한 의견 차가 있긴 했지만 말 그대로 사소했기에 별 문제는 없었다.

하지만 바르테오와 손을 잡으며 관계는 완전히 틀어졌다.

–세상을 바꾸겠다는 허영 된 꿈이나 꾸는 자들과 손을 잡는다니요. 저는 절대 인정할 수 없습니다.

–힘이 있거든 약자를 위해 써야 한다 내가 늘 말하지 않았느냐.

–스승님의 명성이면 훨씬 더 값진 일을 할 수 있습니다. 아니, 힘을 가진 자는 그에 맞는 일을 해야 합니다.

–이놈. 힘이 있어도 덕을 쌓지 않으면 소인이라 하지 않았더냐.

–힘이 있어도 그 힘을 제대로 사용하지 못하는 자야말로 소인입니다. 가시려면 가십시오. 붙잡지 않겠습니다. 허나 저는 떠날 겁니다. 그것이 설령 스승님의 뜻에 반하는 것이라 하더라도요.

둘의 헤어짐은 만남만큼이나 짧게 이루어졌다. 같은 뜻을 가지고 만났으나 다른 뜻을 품게 되었다. 그 어떤 이유보다 명확한 것이었다.

"후."

첸이 깊게 한숨을 쉬었다.

그는 세상이 바뀌야 될 만큼 부조리하다고 생각지 않았다. 설령 그렇다 하더라도 그걸 바꿔야할 의무는 없었다. 가진 힘을 세상에 내놓아야 하는 건 맞지만 세상을 바꾸겠다는 건 뜬구름 잡는 소리였다.

명왕과 헤어졌지만 그를 마음에서 완전히 지운 건 아니었다. 그는 여전히 자신의 스승이었다.

마음껏 날개를 펼칠 수 있는 제국이 아닌, 르니에르왕국을 선택한 것도 명왕의 존재 때문이었다. 르니에르왕국은 트린베니아와 우호적인 나라로 마찰이 없을 거란 생각이었다.

비록 삼면이 둘러싸여진 이 폐쇄적인 나라에 왔지만 야망이 아예 없는 것은 아니었다. 이 왕국내에서라도 최고의 기사단을 만들어 호령하는 게 꿈이었다.

제국만큼 큰 무대는 아니지만 르니에르정도로 만족하기로 했다.

'룬이라….'

첸은 어제 훈텐백작에게 한 가지 지시를 받았다. 축제가 있는 날, 모두의 이목이 자신에게 집중되는 그날 거대한 비밀을 밝히라는 것이었다.

그 지시는 별로 마음에 드는 것은 아니었다. 하지만 거역할 생각은 없었다.

훈텐백작은 자신을 이곳에 정착시켜준 인물이었다. 또 그의 말이 맞다면 룬은 응당 벌을 받아야 마땅했다. 첸은 복잡하게 생각하지 않기로 했다.

❖

휘이익-.

날렵한 검소리가 오케스트라의 연주처럼 장내를 울려댔다.

그레인을 주축으로 불새기사단이 검무를 추는 모습은 근사한 공연처럼 사람들의 넋을 빼놓았다.

묘기와 같은 동작을 수십명이 일사분란하게 해내는 모습은 신이라도 강림하기라도 한 듯 했다.

짝짝짝-

불새기사단의 검무가 끝나자 우레와 같은 함성과 박수 소리가 터져 나왔다.

점잖은 데이미안도, 그들의 수장인 토레논도, 심지어 훈텐백작마저도 불새기사단의 검무에 탄성을 자아냈다.

"전에도 봤지만 불새기사단의 위용은 실로 엄청나군요."

플리에오르가 조금은 초조한 듯 손을 만지작거렸다.

가뜩이나 사람도 많이 모여 있는 데 불새기사단의 위용까지 눈으로 확인하니 더욱 움츠려 들 수밖에 없었다.

"긴장 되십니까?"

"아닙니다."

아니라는 말과 달리 얼굴이 거무죽죽하게 변한 것이 누가 봐도 긴장하고 있는 모습이 역력했다.

"하던 데로만 하시면 될 겁니다."

짧은 시간이지만 토르기사단은 리오도르가 손 봐준 검술을 꽤 완벽하게 익혔다. 기본 베이스가 백작가의 검술이라 몇 개의 동작이 변형 되었어도 익히는 데 큰 무리는 없었다.

룬이 보기에도 그럴 듯 해보였고 토레논 역시 심사에 걸맞는 검무라 칭찬하였다. 그럼에도 자리가 자리인지라 초조한 건 어쩔 수 없는 모양이었다.

룬은 기운 내라며 플리에오르의 어깨를 한 번 친 다음 지나가는 하녀를 불러 와인을 손에 들었다.

"조금 있으면 심사를 받을 텐데 술을 마셔도 되나?"

"형님, 아니 공작님이시군요. 제가 직접 검을 휘두르는 것도 아닌데 와인 한잔쯤은 괜찮습니다."

"군주가 흐트러진 모습을 보이면 아랫사람도 흔들릴 수밖에 없는 법이야."

"이 정도 술로는 흐트러지지 않습니다. 요새 통 바쁘셨던 모양이군요. 몇 번을 찾아갔는데 매번 헛걸음을 했습니다."

"무슨 용건이라도 있었나?"

"제국의 세작… 아니…."

룬은 얼버부리며 와인을 홀짝였다. 주위의 눈과 귀가 많은 곳이었다. 이런 곳에서 구태여 비밀스러운 이야기를 나눌 필요는 없었다.

"그거라면 왕자님에게 들어서 알고 있네."

"그렇군요. 그나저나 그레인님에게 보이지 않는 변화가 찾아온 거 같군요."

"검무만 보고도 그걸 파악하다니 제법이군. 이제 검사라고 해도 믿겠어?"

"검사라뇨. 당치 않습니다. 사실 검사네 마법사네 구분을 짓는 것 자체가 조금 무의미 하게 느껴지기도 합니다."

"만류귀종이라 했으니 마법의 극을 봤다는 소리로도 들리는군? 나는 아직 검의 이치도 채 깨닫지 못했으니 한참 멀었군."

토레논이 너스레를 떨자 룬이 피식 하고 웃었다. 그리고는 주변을 둘러보았다.

"심사관은 누구입니까?"

"근위대장인 잘만과 검술교관 두명이 심사를 맞고 있지."

"그래요? 근데 보습이 보이지 않는군요?"

"심사관들이 눈에 보이면 축제의 분위기를 깰 수 있으니까."

"눈가리고 아웅인격이군요. 대체 이게 누굴 위한 축제인지 모르겠군요. 저는 저들의 얼굴만 봐도 누가 참가자인지 알거 같습니다."

이곳에 있는 사람들의 얼굴은 크게 둘로 나뉘었다.

축제를 즐기기 위해 즐거운 얼굴을 하고 있는 사람.

테스트를 앞두고 긴장을 하고 있는 사람.

이런 기사단등록이라는 딱딱한 절차와 축제라는 개념을 접목시킨 것 자체가 이중적인 생각이었다.

"마침 심사가 시작되는군."

토레논은 원래 있던 자리로 돌아갔다. 그의 뒷모습을 따라보던 룬의 시선에 주변의 사람들이 눈에 들어왔다.

데이미안왕자.

그리고 좌측에 신디아. 아니 이제는 이자벨리아공주라는 칭호가 더 어울렸다.

오른쪽에는 토레논이 있었고 그 옆에는 에일리아가 있었다.

룬의 시선은 에일리아에게서 멈춰 섰다.

에일리아.

그녀는 룬에게 남다른 여인이었다.

처음으로 고백을 받아 보았고 처음으로 거절을 해봤다.

거절의 이유는 간단했다. 심장이 뛰지 않는다. 좋아하는 게 아니다.

룬은 에일리아와 입맞춤을 하던 때를 떠올렸다. 당시 심장은 빠르게 뛰었다. 하지만 모른 척 했다. 마나를 이용해 진정 시키고 그것도 모자라 에일리아가 느낄 수 없도록 차단을 시켜 버렸다.

힐끗.

너무 노골적으로 바라봐서 일까.

주위를 훑던 에일리아의 시선도 룬에게 닿았다.

에일리아는 아무 일도 없던 것처럼 가볍게 룬에게 눈인사를 건넸다.

룬도 에일리아에게 미소 지어 보였다.

그렇게 두 사람의 재회는 뜨뜨미근하게 이루어졌다.

오히려 룬에게는 마음 편한 재회였다.

와아아.

룬이 고뇌하고 있는 사이 어느새 심사가 시작되었다.

최초로 심사를 받을 기사단은 맥기사단이었다. 훈텐백작에게는 쉔기사단이 있었다. 하지만 그들은 제국과의 혈투로 인해 대다수가 사망했다. 하여 그들을 기반으로 재구성하여 맥기사단을 창단했다.

쉔기사단의 대부분의 인재가 사망하거나 불구가 되었지만, 대부분의 사람은 맥기사단이야 말로 불새기사단의 아성을 뒤집을 유일한 기사단이라고 말했다. 사라진 자들 만큼 더 강한 자들이 그 빈자리를 채웠기 때문이다. 특히 전직 용병이었던 첸의 무용은, 용병이라는 타이틀을 잠식시킬 만큼 대단한 것이었다.

게다가 그는 용병출신이라는 약점을 극복하고 맥기사단의 단장으로 임명되었다. 기사들의 콧대가 얼마나 높은지 아는 사람이라면 믿지 못할 일이었다.

물론 그것을 가능하게 한 건 그의 무용 때문만은 아니었다.

명왕 애드워드의 수제자.

명왕 애드워드는 용병이지만, 그것을 초월한 존재였다.

뛰어난 실력과 인품, 예절. 모든 것들을 인정받은 사람이었다.

뛰어난 무용. 명왕의 제자. 그리고 제국과의 혈투.

그것으로 그는 용병출신이라는 약점을 극복하고 젊은 나이임에도 맥기사단의 기사단장이 되었다.

"충!"

첸의 구령에 맞추어 맥기사단이 일제히 데이미안을 향해 예를 갖추었다.

"그대의 위용은 익히 듣고 눈으로 보아 알고 있습니다. 그대의 노고에 이 나라의 수장으로써 다시 한 번 감사의 말씀을 드리며 멋진 검무를 기대하겠습니다."

"감사라니 당치 않습니다. 르니에르왕국의 국민의 일환으로 당연한 일을 했을 뿐입니다."

"뛰어난 무위뿐만 아니라 겸손까지 갖추었으니 장차 이 나라의 앞날이 밝을 것임을 믿어 의심치 않습니다. 자 그럼 시작하세요."

룬은 데이민안의 연설과 같은 말을 보며 기분이 묘했다. 룬이 본 그는 입에 발린 소리와 낯간지로운 말은 잘 못하는 성격이었다.

하지만 공식석상에서 그의 모습은 룬이 알던 것과는 다를 때가 종종 있었다.

'하긴, 사람은 한 가지 단면만으로는 판단할 수 없는 거니까.'

"명왕 수제자의 검무를 보게 되다니. 기대가 되는군요."

플리에오르는 심사를 받아야 하는 자신의 처지도 잊은 채 첸의 검무를 볼 수 있다는 기대에 부풀어 있었다.

"저 자가 그리 대단합니까?"

"대단하다마다요. 이번 제국군과의 싸움에서도 어마어마했다고 합니다. 듣자하니 하늘을 날라 다니고 검을 휘두를 때마다 천둥이 친다고 하더군요."

대게 그렇듯 호사가들의 입에서 퍼진 소문은 날개를 달기 마련이다.

어찌됐건 한 기사단의 수장인 플리에오르가 어린아이

처럼 기대하는 모습이라니 그 명성이 얼마나 대단한지 알 만한 일이었다.

와아아.

어느새 검무가 시작 되었다. 누구도 맥기사단의 기각은 생각지 않았다. 검무를 추는 맥기사단 역시 마찬가지였다. 맥기사단의 검무는 취지 그대로 축제였다.

맥기사단의 검무는 사람들의 기대에 부응할 만 했다. 아니, 오히려 기대를 넘는 퍼포먼스였다. 화려하고, 강렬하며, 짜릿했다.

모두가 맥기사단의 검무에 넋을 잃었다. 그 중심에는 첸이 있었다. 모두가 첸을 바라보았다.

그 와중에 다른 시선으로 첸을 보는 이가 있었다. 룬이었다.

'명왕의 제자라.'

룬은 명왕을 두 번 본적이 있었다. 펍에서 한 번. 그리고 백작가에서 한 번.

그때 본 명왕은 산과 같은 존재였다. 하염없이 높아 끝이 보이지 않는 산.

첸은 거대한 산은 아니었다.

하지만 강자였다.

룬은 저도 모르게 주먹에 힘이 들어갔다. 저자와 싸운다면 누가 이길까. 오랜만에 호승심이 생겼다.

이곳에는 강자가 없었다. 토레논은 친구였으며 리오도르는 스승이었다. 데이미안은 왕자라는 신분과 나이에 비하면 강하긴 하지만 부족한 감이 있었다.

하지만 첸은 달랐다. 충분히 강하고 친구도 아니며 아무런 관련도 없는 사람이었다.

'호승심이라니. 나답지 않군. 그런데 어찌하여 명왕의 제자가 이곳에 있는 거지.'

명왕은 현재 트린베니아에 있다. 그리고 바르테오와 같은 길을 걷고 있다.

명왕의 제자라면 그 역시 트린베니아에 있어야 했다.

'척이라도 진 건가? 아무렴 무슨 상관이겠어.'

룬은 첸에 대한 생각을 접었다.

그가 아니라도 머리가 터질 정도로 생각할 것이 많은 상황이었다.

맥기사단의 검무는 명불허전이었다. 첸을 필두로 화려한 검사위가 장내를 휘감았다.

하지만 이를 보는 이들은 맥기사단의 검무가 어떤지조차 인지하지 못하고 있었다.

그럴 생각조차 할 수 없을 정도로 깊게 빠져들어 있는 것이다.

어느새 맥기사단의 검무는 끝나자 불새기사단이 검무를 마쳤을 때만큼이나 강렬한 함성과 박수소리가 터져

나왔다.

"훌륭한 검무였습니다."

데이미안이 짧게 말했다.

어떤 수식어로도 이 굉장한 검무에 대해 표현할 수 없으리라.

그도 검을 쓰는 검사로써 당연히 감명 받을 수 밖에 없었다.

그럼에도 그는 이곳이 공식석상이며 자신이 왕자라는 사실을 잊지 않고 체통을 잃지 않았다.

"이렇게 훌륭한 검무를 보여준 대가를 몇 마디 말로 대신할 수는 없는 법. 원하는 것이 있다면 말씀해 보세요."

모든 이의 시선은 검무를 마친 맥기사단에게 향했다.

그 중에서도 가장 관심을 받고 있는 사람이라면 단연 첸이었다.

첸은 사람들의 시선이 자신에게 닿아 있음을 느끼고는 훈텐백작을 힐끔 거렸다.

모두의 이목이 집중 된 이때. 훈텐백작이 말한 바로 그때였다.

하지만 훈텐백작은 아직 아니라는 듯 고개를 내저었다.

"원하는 것이라니요. 당치 않습니다. 그저 왕자님 앞에서 이렇게 실력을 뽐낼 수 있다는 것 자체로 큰 영광입니다.”

첸의 겸손한 발언에 대신들은 큰 감명을 받았다.

그는 명실상부 최고의 공신이었다.

어떤 요구를 하더라도 손가락질 할 사람은 없었다.

“그리 말씀해 주시니 제가 몸 둘 바를 모르겠습니다. 맥기사단의 위용을 보니 앞으로 우리 르니에르왕국의 앞날에 번영만 있을 거라 믿어 의심치 않습니다.”

데이미안왕자와 개인적으로 대화를 나누지 못한 사람들은 모를 것이다.

항상 공식성삭에서의 모습만 봐 왔을 테니까.

하지만 룬은 달랐다. 친하지는 않지만 데이미안의 본모습을 봐왔다.

그래서인지 데이미안의 저런 말들이 영 닭살스럽게 느껴졌다.

적당히 덕담이 오간 뒤 맥기사단은 뒤로 물러났다.

이제는 다음 기사단 차례였다. 그런데 공교롭게도 다음 차례는 토르기사단이었다.

플리에오르의 얼굴이 경직 되었다.

불새기사단, 그리고 맥기사단 다음 하필 공교롭게도 토르기사단이라니.

심사를 통과하고 못하고를 떠나 비교될 것이 뻔했다.

어떤 이들은 벌써부터 흥미를 잃었고, 또 이런 상황을 짐작한 몇몇은 안쓰럽다는 얼굴을 하기도 했다.

"뭘, 그리 겁에 질려 계십니까. 우리는 이곳에 정식기사단등록을 하러 온 것일 뿐입니다. 마음을 비우시고 하던 데로만 하시면 됩니다."

룬의 빛나는 눈을 보자 플리에오르의 마음이 조금 진정 되었다.

플리에오르가 평정을 되찾자 토르기사단도 조금씩 평정심을 되찾았다.

마침내 그들은 결연에 찬 얼굴로 시연장 위로 올라갔다.

"중압감이 대단할 텐데 제법 침착하군요."

룬에게 슬며시 다가와 말을 하는 이는 그레인이었다.

"노력은 배신하지 않으니까요. 자각하지 못하고 있지만 가슴속 어딘가 본인들에 대한 믿음이 있을 겁니다."

"재능을 운운하던 것 치고는 겸손하신 말이로군요."

룬은 멋쩍게 웃었다.

"좋아보이시는군요."

짧지만 많은 의미가 내포되어 있는 말이었다.

"덕분입니다."

그레인이 고개를 숙였다.

룬은 조금 놀랐다.

척 봐도 그레인은 자존심이쎄고 고지식한 사람이었다. 그런 그가 고개를 숙이다니… 더욱이 사람들이 많은 이곳에서.

"당치않습니다. 그레인님의 오랜 노력의 결과물일 뿐입니다."

룬은 손사래를 쳤다.

그레인은 아직 그가 원하는 목표를 이루지 못했다. 지금은 변화는 중이었다.

고개숙여 인사를 받기에는 일렀다. 그레인은 숙였던 고개를 다시 들었다.

"좋은 결과가 있기를…."

그 말을 끝으로 그레인은 원래 있던 곳으로 돌아갔다.

그의 뒷모습을 보며 룬은 조만간 르니에르왕국에 새로운 인재가 탄생할 수도 있다고 생각했다.

"하필 맥기사단 바로 뒤라니. 저들도 어지간히 운이 없군요."

두어른백작이 조소를 지었다.

최고의 검무를 펼친 맥기사단.

그리고 제대로 된 구색도 갖추지 못한 토르기사단.

비교가 될 것은 자명한 일이었다.

베르난도백작가를 눈에 가지처럼 여기는 두어른이었

기에 이를 지켜보는 건 더 없이 즐거운 일이었다.

“오히려 전 못마땅하군요. 조금 그럴 듯 한 기사단이 나와야 맥기사단의 위엄이 더 설 텐데 말이죠.”

그렇게 대답을 한 그라센백작도 내심 두어른의 말처럼 조소를 짓고 있었다.

의회에서 룬에게 뒤통수를 맞은 것만 생각하면 아직도 울분이 차오르는 그였다.

“하긴, 그도 그렇군요.”

둘이 대화를 나누고 있는 사이 어느새 검무는 시작 되었다.

“제 1장. 난선무.”

플리에오르의 외침에 따라 토르기사단이 일제히 검을 찔렀다. 그 후 곧바로 검을 회수한 뒤 방패를 내밀었다. 그와 동시에 오른발을 앞으로 내밀며 바닥에 찍었다.

그리고는 오른쪽팔꿈치로 가상의상대를 가격한 다음 뒤로물러서며 검을 베었다.

이 일련의 거의 한 동작처럼 이루어졌다.

“제 2장. 비격향연.”

2장이 시작되자 분위기는 반전이 되었다. 기존의 검무에 리오도르의 것이 가미된 새로운 검무가 시작 되었다. 절제된 듯 하나 화려하고 당당한 기품이 엿보이는 검무였다.

한편 첸은 토르기사단의 검무를 보며 머릿속으로 이미지를 그려 넣고 있었다.

다른 기사들의 검무를 볼 기회는 흔치 않았다.

그렇기에 그는 기회가 되면 그것을 머릿속으로 그려넣어 가상의 적과 대결을 벌이는 습관이 있었다.

첸은 가상의 적이 찌르는 검에 한 발 뒤로 물러섰다. 그리고 곧바로 검을 휘둘렀다. 하지만 방패에 막혔다. 단순히 막힌 게 아니었다. 보통보다 한 발 앞으로 나온 방패 덕에 상체가 조금 뒤로 밀렸다.

동시에 상대의 오른발이 앞으로 나왔다. 쿵. 그리고 바닥을 찢는다.

피하면 중심이 흔들리고 안 피하면 그대로 발이 밟힌다. 바닥이 철로 된 기사들의 발에 밟히면 발이 무사하지 못하리라.

중심이 흔들리는 것을 감수하더라도 발을 빼기로 했다.

그런데 상대방이 예견이라도 한 듯 팔꿈치로 가격해 왔다.

갑옷을 입은 기사에게 팔꿈치 공격은 통하지 않는다.

다만 물리적인 충격은 줄 수 있었다.

갑옷 전체가 흔들리거나, 중심을 잃을 수 있다.

더군다나 지금은 급하게 발을 빼느라 이미 중심이 흔들린 상태다.

첸은 팔꿈치 공격을 그냥 맞는 선택을 했다.

큰 충격은 받지 않지만 뒤로 쭉 밀려난다.

쓰러짐과 동시에 팔을 땅에 대고 공중제비를 하듯 일어섰다.

부르르.

첸은 몸을 떨었다.

변칙적인 상대방의 공격을 무위로 돌렸음에도 첸은 간담이 서늘했다.

팔꿈치를 그대로 맞아 준 것은 그 다음 돌려베기 동작이 있다는 것을 알았기 때문이다.

어줍잖게 피하다가 중심을 잃고 검에 베이는 것 보다 낫기에 한 판단이다.

만약 검무를 본 게 아니라, 그래서 다음 돌려베기동작이 있다는 것을 몰랐다면 어땠을까?

그래도 지금처럼 상대방의 공격을 맞아주는 무리한 판단을 했을까?

그거야 그 상황이 돼 봐야 아는 일이었다.

하지만 첸은 확신할 수 없었다.

정말 그 상황에 지금처럼 침착하게 상대방의 팔꿈치를 맞아주는 판단을 할 수 있을지….

아니, 오히려 그러지 않을 것이라는 쪽으로 무게가 기울어졌다.

'무서운 검법이다. 방패를 앞으로 내미는 동작 하나로 상대방을 완전히 무력화 시켰어.'

물론 검무를 시연하고 있는 저들 중 누가 공격을 해온다하더도 상상과 같은 결과는 나오지 않을 것이다.

그러기에는 압도적인 실력차가 존재했다.

그들의 공격에 중심을 잃기는커녕 하품을 할지도 모를 일이었다.

하지만 자신과 비슷한 실력의 상대라면…

첸이 두려웠던 것은 바로 그 점이었다.

'무수히 많은 실전을 치러 본 자가 만든 검법이다. 이건 절대 변방의 별 볼일 없는 곳의 검술이 아니야. 나, 아니 스승님과 비견해도 손색없을 정도의 검사가 만든것이야….'

첸의 고개가 돌아간다. 자연스럽게 룬에게 시선이 닿는다. 말이 많은 자이다. 다른 것을 다 떠나서 그래플아카데미에 검술특기생으로 입학했으며 아틀란드와도 호각지세를 펼쳤다는 소문이 돌고 있다.

하지만 이내 고개를 젓는다. 소문은 대게 부풀려 지기 마련이다.

설령 그 소문이 모두 사실이라 하더라도 저런 검술을 창안해 낼 정도는 아니다.

첸은 룬에게 관심을 거두었다.

'역시 소문은 믿을 게 못 돼. 아틀란드와 호각을 겨루기는커녕 그래플에 어떻게 입학했는지도 의문이 들 정도군.'

첸은 룬에 대해 그렇게 결론을 내렸다. 겉으로 드러난 룬의 존재감은 그만큼 미미했다. 그래서인지 조금 후 비극적인 이야기를 해야 한다는 것이 마음에 걸렸다.

하지만 그것이 전부였다.

오히려 룬이 소문대로 강해 보였다면 호기심이라도 들었을 것이다.

'쓸모없는 자군.'

하지만 방금 본 검술이 머리에 남아 완전히 관심이 꺼지지는 않았다.

마지막으로 첸은 룬에게 가상으로 공격을 해보았다.

가상으로 적을 공격할 때 어떻게 반격하는지 머리에 그려진다. 물론 실제로 반격을 하는 건 아니었다. 어디까지나 첸의 머릿속에서만 이루어지는 일이었다.

하지만 이 예측이 틀린 적은 거의 없었다.

훈련을 오래한 검사일수록 본인도 인지하지 못하는 습관이 몸에 배기 마련이다. 그래서 의식하지 못하고 있는 상태에도 그것이 자연스럽게 묻어 나온다.

수많은 경험을 통해 첸은 단순히 서 있는 모습을 본 것만으로 상대방의 동작을 읽을 수 있었다.

마침내 가상의 첸이 룬을 공격해 들어갔다. 마치 머릿속에 그림이 그려져 있는 것처럼 생생했다.

하지만 가상의 첸이 룬에게 닿는 순간 기이한 일이 벌어졌다.

룬이 반격을 해오기는커녕 오히려 가상의 첸이 사라져버린 것이다.

'…….'

일정수준의 경지에 다다른 후 이미지가 사라진적은 처음이었다.

그래서 첸은 조금 놀랍기도 하고 두렵기도 했다.

하지만 첸은 곧바로 가상의 첸을 소환해 룬을 공격했다.

그리고 결과는 이전과 같았다.

"……."

설마 자신의 능력에 문제가 생긴 것일까.

두려움이 생긴 첸은 적당한 사람을 찾아 실험을 했다.

대상은 그레인이었다. 그 정도의 검사라면 실험 대상으로 안성맞춤이었다.

챙챙. 실제로 검소리가 나지는 않았지만 첸의 귓전에는 그레인의 검 소리가 울렸다.

이미지는 뚜렷했고 상상속의 그레인 역시 반격을 해왔다.

혹시나 싶어 다른 사람에게도 해보니 역시 마찬가지였다.

첸은 다시 고개를 돌려 룬을 보았다.

그리고 가상의 첸을 불러와 공격을 했다.

"……."

하지만 결과는 참혹했다.

가상의 첸은 룬에게 닿기도 전에 완전히 사라져 버렸다.

왜? 라는 생각이 첸의 머리를 지배했다.

그런데 그때였다.

가만히 토르기사단의 검무를 보던 룬이 돌연 고개를 돌렸다.

그리고 그 시선은 첸에게 닿았다.

순간 사라졌던 가상의 첸이 다시 머릿속에 나타났다.

더불어 가까이 가기만 해도 자취를 감추던 룬이 갑자기 본인의 의지와 상관없이 움직이기 시작했다.

이곳은 첸이 만든 가상의 공간이었다. 그의 의지로 만들어진 공간이었다. 룬이 지 멋대로 날뛰는 것은 있을 수 없는 일이다.

하지만 그럼에도 룬은 움직였다. 그 어떤 때보다 더욱 또렷했다.

룬은 천천히 다가왔다. 그리고 아주 평범한 공격을 했다.

'막을 수 없다….'

왜 그런지 이유는 모른다.

천천히 날아오는 저 주먹을 막을 방법이 떠오르지 않았다.

어떤 식으로 피해도 끝까지 따라와 자신을 파멸시킬 거 같았다.

이윽고 룬의 주먹이 적중했고 가상의 첸은 산산 조각나 부서졌다.

뚝.

첸의 이마에서 굵은 땀방울이 떨어졌다.

첸은 떨어진 땀방울을 보았다.

설마 피인가? 너무도 생생했기에 그런 생각마저 들었다.

다행히 그것은 피가 아니었다.

첸은 다시 고개를 들었다.

룬은 여전히 자신을 보고 있었다. 그리고 어느새 입 꼬리에 미소가 걸려 있었다. 마치 모든 걸 알고 있다는 듯 여유로운 미소.

첸은 몰래 목욕을 하는 여인을 훔쳐보다 걸린 것처럼 얼굴이 화끈거렸다.

'설마, 내가 무엇을 하고 있는지 알고 있다는 것이냐.'

이 모든 건 그저 상상 속에서 이루어진 일일 뿐이다. 상대방이 안다는 건 말이 안 된다. 더불어 남의 상상 속에 들어와 본인의 의지대로 움직인 다는 것은 더욱 말이 되지 않았다.

'그저 우연일 뿐인가… 아니면….'

첸은 갑자기 머리가 복잡해졌다. 우연으로 치부하기에는 걸리는 것이 많았다.

룬은 어느새 시선을 거둔 채 검무를 지켜보고 있었다. 아무 일도 없었다는 듯 여유롭게 뒷짐까지 지고 있었다.

룬을 보며 첸은 한 사람이 떠올랐다.

'스승님….'

첸은 자신의 스승인 애드워드가 빙산 같다고 생각했다. 보기에는 작지만 그 작은 겉모습 뒤로 태산을 품고 있기 때문이다.

그런데 룬에게서 그런 명왕의 모습이 보였다. 별 볼일 없는 모습 뒤로 거대한 무언가를 숨기고 있는 명왕.

첸은 룬이 숨기고 있는 것이 태산인지, 보잘것없는 무엇인지, 그도 아니면 아무것도 없는 것인지 파악할 수 없었다.

'그렇구나.'

이제야 상상속의 첸이 갑자기 사라진 이유를 알 것 같다.

그것은 자신의 실력이 룬을 가늠할 수 있을 만큼 뛰어나지 못했던 것이다.

그럼 마지막은 대체 어떻게 된 것이지…

여전히 의문에 남는 건 상상속의 룬이 본인의 의지와 상관없이 멋대로 날 뛴 것이었다.

그것만은 아무리 생각해도 알아 낼 수가 없었다.

❖

토르기사단의 검무가 끝나자 맥기사단만큼은 아니지만 꽤 열렬한 환호가 쏟아졌다.

자로 잰 듯 일제히 움직이는 이십 명의 기사.

그들에게서는 하나같이 기사들의 당당한 기세가 전해졌다. 그 뿐이랴, 동작 하나하나는 화려하고 기품이 묻어나 있었다.

누구도 토르기사단이 이토록 멋진 검무를 펼칠 거라 기대하지 않았기에 환호는 더욱 컸다.

토르기사단은 예상보다 좋은 주변의 반응에 어리둥절했다. 그저 실수 없이 검무를 마치기만 해도 감지덕지라 생각한 터였다.

그런데 이런 반응이라니….

리오도르가 급히 만들어준, 그것도 심사가 끝나고 깨

끗이 잊어버리라는 검무였다.

하지만 주변의 반응은 그것을 무색하게 만들었다.

"아주 훌륭한 검무였습니다."

"나비가 날아다니듯 우아하고 멋진 검무였습니다."

"기사의 당당함을 잘 나타내었습니다."

데이미안을 비롯해 검무를 지켜본 이들이 너나 할 것 없이 칭찬 일색을 늘어놓았다.

토르기사단은 몸둘 바를 몰라 하다 이내 이 분위기에 몸을 맞겼다.

"반응이 생각보다 뜨겁습니다. 과연 그래플아카데미 최고의 교관답습니다. 아무도 이 검술이 불과 며칠 전에 급히 만들어 졌다는 걸 모르는 거 같습니다."

플리에오르의 얼굴은 벅찬 무언가로 가득차 있었다.

"저들의 반응이 뜨겁다고 하여 그 검술이 좋은 건 절대 아닙니다. 어디까지나 기사단등록을 위한 것일 뿐, 현혹되어서는 안 됩니다. 그보다는 당장 있을 다음심사에 집중하세요."

말을 하는 룬의 얼굴이 어딘지 씁쓸했다. 실전적이지 않은 전투기술은 죽은 것과 다름없다 말했던 건 자신이었다.

그런데 정작 이 많은 사람 앞에서 가치관과 정 반대되는 검무를 펼쳐 환호를 받고 있으니 마음이 편치 못했다.

"예."

대답은 그렇게 했지만 플리에오르는 여전히 여운이 가시지 않는 모습이었다.

토르기사단의 검무까지 끝나고 잠시 휴식시간이 이어졌다. 휴식시간이 되자 이곳은 완전히 파티장과 다를 것이 없어졌다.

룬은 시끄러운 자리를 피해 적당히 구석자리로 갔다. 이전보다 좀 더 사회적으로 변하기는 했지만 이런 자리는 여전히 내키지 않았다.

룬은 지나가는 하녀를 불러 와인을 손에 들었다.

"다들 삼삼오오모여 축제를 즐기는 데 이렇게 멀끔한 청년이 구석에 혼자 있다니 보기 안쓰럽군요."

룬은 말소리가 들린 곳으로 시선을 돌렸다.

사십대의 중년인이었는 데 처음 보는 얼굴이었다. 그 옆에는 그의 딸로 보이는 여인이 있었다. 룬과 비슷한 또래로 보였다.

꽤 귀여운 얼굴이었다. 반면 상체의 풍만함이 잘 드러나는 꽉 붙는 드레스 덕에 묘한 분위기를 자아냈다.

"반갑소. 엔델슨백작이라 하오."

엔델슨백작은 북부지역의 귀족이었다. 루텐영지와 제법 가까이 있는 곳이기는 했지만 딱히 왕래는 없었다.

"룬입니다."

룬은 그가 내미는 손을 잡았다.

"이쪽은 제 여식인 안델리나라고 합니다."

"안델리나에요."

"반갑습니다."

둘은 눈을 맞댄 뒤 가볍게 인사했다.

"얼마 전 작위를 하사받았다고 들었소. 축하드리오."

"감사합니다. 그런데 무슨 일로…."

"이런 축제에 무슨 일이 있어야 말을 거는 건 아니지 않소?"

틀린 말은 아니라 룬은 적당히 고개를 끄덕였다.

그는 적당히 유쾌하면서 부담스럽지 않은 이야기를 이어나갔다.

지루할 틈이 없으면서도 과하지 않았다.

이런류의 대화를 꽤 많이 해본 솜씨였다.

"작위도 하사받았고 나이도 찼으니 이제 슬슬 혼사를 생각할 때가 아니오?"

분위기가 적당히 좋아졌다고 생각한 그는 은근슬쩍 본론으로 넘어갔다.

그의 옆에 있는 영애를 봤을 때 어느 정도 짐작은 하고 있었다.

"혼사라… 그렇군요. 이제 남들이 보기에 혼자인 것이 이상해 보이는 처지가 됐군요."

이전 삶은 떠돌이었다. 정착하지 않고 어느 곳이든 자유롭게 돌아다녔다.

결혼을 하지 않았다하더라도 크게 문제가 될 것은 없었다.

하지만 이제는 상황이 달라졌다.

엔델슨백작의 말대로 혼기가 찼으며 작위도 하사받았다.

이전처럼 대수롭지 않게 넘길 수만은 없는 일이었다.

"하하, 그렇습니다. 이제 슬슬 후사도 생각하셔야죠. 혹여 마음에 두신 짝이라도 있으십니까?"

엔델스는 에일리아와 데이미안왕자의 혼사가 깨진 이유가 룬 때문이라는 괴소문을 간간히 들었다.

하지만 이는 말 그대로 괴소문일 뿐. 첸이 제국군과 싸울 때 하늘을 날고 번개를 뿌렸다는 것과 다름없는 소문이다.

"없습니다."

"그렇다면 돌려 말하지 않겠습니다. 제 여식은 어떠십니까?"

룬은 엔델슨을 넘어 안델리나를 보았다. 마치 제 일이 아니라는 듯 딴청을 피우고 있었다. 조금 무례해 보일 수도 있으나 룬은 그렇게 생각하지 않았다. 그녀의 얼굴이 붉게 상기된 것이 부끄러운 기색이 역력했기 때문이다.

"음… 생각해 보겠습니다."

"일륜지대사를 단숨에 정할 수는 없는 일이겠지요. 그럼 답을 기다리고 있겠습니다."

엔델슨은 더 이상 재촉하지 않고 물러났다. 질척거림 없이 깔끔한 행동에 룬은 기분이 썩 괜찮았다.

그때까지만 해도 좋았다. 문제는 뒤이어 발생했다. 엔델슨백작 뒤로도 그와 같은 자들이 끊임없이 접근해온 것이다.

첸 다음으로 무성한 소문을 뿌리고 다니는 인물 중 하나가 룬이었다. 다른 소문은 조금 과장되거나 왜곡되었다 하더라도 최고의 명문인 그래플아카데미에 입학하고, 의회의 구성원이 된 건 틀림없는 사실이었다.

의회구성원이 되었다는 건 르니에르왕국의 중심에 섰다는 뜻이었다.

오늘 토르기사단이 보여준 검무 또한 한몫했다. 기사단은 그 가문의 군사력을 나타내는 척도였다. 내실 역시 잘 다져져 있다는 간접적인 정황을 나타내준 것이다.

'또 인가. 이번에는 무슨 핑계로 돌려보내지.'

엔델스백작과 같은 자가 끊임없이 접촉해 오자 누군가 다가 오는 기척만 느꼈을 뿐인데 절로 몸서리가 처졌다. 그런데 룬에게 다가온 자는 실로 의외의 인물이었다. 그는 첸이었다.

"몇 번이고 말을 걸려 했는데, 그때마다 구애를 받고 계시더군요."

가까이서 듣는 첸의 목소리는 생각보다 굵지 않았다. 용모는 단정하고 기품이 있었으나 빼어난 미남자는 아니었다. 키는 룬보다 손가락마디만큼 컸는데 체격은 비슷했다.

"진작 오셔서 제 불행을 좀 더 일찍 끝내 주셨으면 좋았을 것을요."

룬은 가볍게 대답했다.

"이렇게 대면을 할 줄 알았으면 훈텐백작님에게 말을 전해 달라는 부탁은 하지 말걸 그랬습니다."

"부탁이요?"

첸의 반응을 보건데 훈텐백작에게 아무런 말도 전해 듣지 못한 모양이었다.

"누군가 첸님에게 말을 전해달라 했거든요."

첸의 얼굴에 의혹이 서렸다. 룬과는 일면식도 없는 사이인데 대관절 무슨 말을 전한단 말인가?

"아직 전달되지 않은 거 같으니 제가 하도록 하죠. '그놈이 많이 그리워한다더라….' 이렇게만 전해주라고 했습니다."

"……."

첸은 그 말을 전해 달라는 사람이 누구인지 묻지 않았다. 그럴 필요가 없었다. 누구인지 알고 있었기 때문이다.

"그리고요… 다른 말은 없었습니까?"

"예. 이것도 본인에게 직접 들은 게 아니라, 다른 누군가에게 전해 받은 이야깁니다."

"그렇군요…."

순간 첸의 얼굴에서 수많은 감정이 스쳐갔다. 룬은 애드워드와 첸이 다른 길을 가게 된 이유가 몹시 궁금했지만 물어보지 않는 편이 나을 거 같다고 생각했다.

"스승님과는 어떻게 아는 사이죠?"

"그냥 오다가다 몇 번 본 게 전부입니다."

"그렇군요…."

첸은 룬의 말을 액면그대로 믿지는 않았다. 애드워드가 잘 알지도 못하는 사람에게 그런 당부를 했다고는 생각지 않은 것이다.

하지만 그런 개인적인 것까지 사사로이 캐묻고 싶은 마음은 없었다.

"스승님은, 잘 지내고 계시던가요?"

첸에게 명왕은 여전히 스승이었다.

룬은 명왕을 부르는 첸의 말에서 그들이 불화로 인해 헤어지지는 않았을 것이라 미루어 짐작했다.

"아주 잠깐 본 게 전부라 속사정까지는 모르겠지만 겉으로 보기에는 잘 지내시는것처럼 보였습니다."

첸은 대답이 없었고 무언가를 골똘히 생각하고 있었다. 룬은 그의 생각을 방해하지 않았다.

"아, 늦었지만 작위 축하드립니다."

조금 뜬금없는 타이밍에 나온 말이었다.

"예."

룬은 그가 뜸을 들이고 있다고 생각했다.

"작위도 하사 받았고 심사까지 무사히 맞췄으니 이제 제대로 된 영주가 되시겠군요."

"그런가요?"

"베르난도백작가의 검무는 본적이 없었는 데 생각했던 것과는 많이 다르더군요."

첸은 이런 질문을 던지는 자신이 한심했다. 그는 훈텐 백작에게 룬의 과오를 폭로하라는 지시를 받았다. 그런 와중에 그 당사자에게 이런 질문이나 하고 있다니….

"근래에 조금 변화가 있었습니다. 굳이 따지자면 심사를 위해 잠시 수정을 했다고 보는 게 옳겠군요."

"그렇군요. 그럼 수정을 누가 한 건지 물어도 될까요?"

"제가했습니다."

이 검무는 리오도르의 가치관과는 판이하게 다른 것이

었다. 그래서 리오도르가 검술을 손봐줬다는 이야기는 하지 않았다.

"그렇군요."

"뜸들이지 말고 하실 말씀이 있으면 하세요."

룬이 대놓고 말하자 첸이 조금 민망한 듯 하다 이내 말을 이어나갔다.

"좋습니다. 사실 저는 베르난도백작가의 검무에 큰 감명을 받았습니다. 하지만 뒤로 갈수록 이해할 수 없는 부분들이 눈에 들어왔습니다. 검무 1장은 매우 실전적이며 깊이가 있는 데 뒤로 갈수록 깊이는 사라지고 화려함에 치우치는 모습이 보여 도저히 같은 검무라고는 생각할 수가 없었습니다."

남의 검무에 대해 언급을 하는 건 대단히 실례였다. 하지만 첸의 물음은 어린아이와 같아 그런 생각은 별로 들지 않았다.

오히려 룬은 뭐든 궁금한 것이 있으면 사부에게 묻고 생각하던 순수했던 예전이 떠올라 기분이 썩 나쁘지 않았다.

"맞습니다. 사실 베르난도검무는 각종 동물들의 모양을 본따 만든 것으로 정형화 되어 있지 않습니다. 그런 만큼 보기에는 볼품없으며 당당한 기사의 위용에 반한다고 할 수 있죠. 그런데 심사는 봐야하고 더군다나 이렇게 많은 사람들이 모여 있으니 그럴 듯 하게 수정을 한 겁니다."

그 말에 첸은 조금 실망한 기색을 비쳤다.

“그럼 맨 첫 부분이 베르난도검무이며 이후가 룬님이 수정한 것이군요?”

“그건 아닙니다. 방패를 활용하는 건 상황에 따라 무궁무진한 변화를 만들어 낼 수 있습니다. 게다가 르니에르 왕국처럼 방패술이 없는 곳에서는 더더욱 위력적이라고 할 수 있죠. 그래서 기존 검무를 약간 변형하여 방패술을 접목시킨 겁니다.”

그 말에 첸이 눈을 반짝였다.

“룬님은 이제 보니 듣던 것보다 더욱 검술에 능하신 모양이군요.”

“그렇지는 않습니다. 사실 저는 세간에 알려진 것보다 검술에는 소질이 없습니다. 다만 검술보다는 전투 그 자체 재주가 있다면 있는 거겠죠.”

“검술이란 상대를 효율적으로 제압하기 위해 만든 것이며 궁극적으로는 상대를 쓰러뜨리는 것이니 룬님의 능력은 검술에 국한되지 않고 그 위에 있다는 것이로군요.”

“허허, 얘기가 그렇게 되나요?”

듣기에 따라서 굉장히 오만해 보일 수도 있기에 룬은 머리를 긁적였다.

“방패를 활용한 그 검무는 미천한 제가 보기에도 범상

치 않았습니다. 실례가 되지 않는다면 제게 그 오묘한 이치를 선보여 주실 수 있으시겠습니까?"

"이 자리에서 말입니까?"

"예."

룬은 첸을 바라보았다. 어린아이처럼 눈빛을 반짝이고 있는 것이 다른 의도가 있어 보이지는 않았다.

"흐음."

룬은 조금 곤란한 듯 신음을 하며 주위를 둘러보았다. 악사들이 하프와 온갖 악기들로 주위를 풍성하게 만들었고, 무대 중앙에 사람들이 춤을 추고 있었다. 또한 삼삼오오 모여 이야기를 나누는 사람들, 간단하게 와인 따위를 마시며 축제를 즐기는 이들도 있었다.

"저 구석으로 가시죠."

룬과 첸은 사람들의 시선이 닿지 않는 장내 귀퉁이 쪽으로 움직였다. 룬은 가면서 방패 하나를 손에 짚었다.

"그냥 하는 건 재미없으니 한 번 막아 보시겠습니까?"

"더 없이 영광입니다만 이미 어떤 방식으로 이루어질지 알고 있는데 의미가 있겠습니까?"

룬은 씨익 웃으며 검을 첸에게 겨누었다. 첸도 검을 꺼냈다. 스치기만 해도 살갗이 없어져 버릴 것 같이 날카로운 명검이었다.

"그럼 갑니다."

룬의 손에서 베르난도검무가 펼쳐졌다. 첸은 검무를 떠올리며 룬의 검을 막아갔다. 실제 접해본 베르난도검무는 생각보다 더욱 매서웠다.

마침내 첸이 가장 감명 받은 부분이 펼쳐졌다. 룬은 팔꿈치로 첸을 공격해 갔고 첸은 검 날을 세워 팔꿈치를 저지했다.

그때였다. 룬의 몸이 빙글 돌아지더니 첸의 왼쪽발목을 향해 검이 날아갔다. 첸이 검을 바닥에 찍었다. 룬의 검이 첸의 검에 막혀 부러져 버렸다.

룬의 검은 그렇게 좋은 게 아닌 반면 첸의 것은 명검이었다. 그렇기 때문에 반동이 없이 맞닿자 룬의 검이 부러져 버린 것이다.

"검이 부러져 버리다니… 보기 좋게 당해 버렸군요."

룬이 부러진 검날을 회수하며 말했다.

"당치 않습니다. 오히려 그 오묘한 변화에 탐복을 금치 못했습니다."

그 말은 진심이었다.

"그럼 부러진 검을 상대로도 괜찮다면 좀 더 하시겠습니까?"

"물론입니다."

룬이 다시 한 번 첸을 향해 공격해 나갔다. 이윽고 룬이 첸의 발을 밟으려는 순간 돌연 첸이 발을 빼며 검을 찔

러왔다. 룬은 뒤로 공중제비를 돌며 발로 첸의 검명을 찼다. 다행히 첸은 검을 놓지 않은 채 뒤로 조금 물러나는 정도로 그쳤다. 자세를 잡은 룬은 곧바로 방패를 날렸다. 첸이 검을 45도로 뻗었다. 원형 부메랑처럼 날아오던 방패가 경로를 잃고 벽에가 박혔다.

'발로 검명을 찰 생각을 하다니 실로 예측불허한 공격이구나.'

"사실 방패를 사용하는 건 그렇게 익숙지가 않아서 말이죠. 방패가 사라졌으니 이제부터 제대로 해볼까요?"

첸이 고개를 끄덕였다. 둘은 다시 맞부딪쳤다. 룬은 간단한 몇동작을 응용해 무궁무진한 변화를 만들었다. 그래서 금방 끝날 줄 알았던 합은 오래도록 지속됐다. 게다가 시간이 지날수록 처음 검무를 견습하고자 했던 취지는 온데간데없어지고 이제는 서로 마음가는데로 합을 나누는 지경이 되었다.

'검술이 아닌 싸움 그 자체를 즐겨한다더니 과연 그 말이 허언이 아니군.'

룬의 검술은 이제껏 겪어보지 못한 오묘한 것이었다. 하지만 엄밀히 말하자면 룬의 검에는 매서운 맛이 떨어졌다.

'마치 억지로 검을 들고 싸우고 있는 것 같구나.'

그것은 룬의 신묘한 움직임을 생각하면 도저히 이해

할 수 없는 것이었다. 이상한 일이었지만 크게 생각하지는 않았다. 룬과 검을 섞는 것에 매료 되어 다른 생각이 금세 날아가 버린 것이다. 둘의 검은 시간이 지날수록 매서워져 갔다. 살초도 간간히 나왔다. 하지만 둘 다 그런 것에는 신경도 쓰지 않았다.

'마법을 사용할 수 있었다면 좋았겠구나.'

룬은 토레논과 즐겁게 합을 나누던 때가 떠올랐다. 첸과의 합은 다른 의미로 즐거운 것이었다. 아쉬운 점이 있다면 마음껏 마법을 사용할 수 없으며 검을 들고 있다는 것이다. 그래도 오랜만에 호적수를 만나 마음껏 몸을 움직이니 더없이 즐거웠다. 어느새 두 사람의 입가에 미소가 걸렸다.

첸은 룬을 향해 검을 찔렀다. 룬이 자세를 한껏 낮춘 뒤 몸을 회전시키며 검을 휘둘렀다. 첸이 뒤로 한발 물러났다. 이때 룬이 부러진 검을 바닥을 지탱하며 그대로 두 발을 첸을 향해 날렸다.

'허.'

첸은 헛바람을 삼켰다. 룬의 공격은 정말이지 무어라 설명하기 힘들었다. 어떻게 보면 되는 데로 하는 거 같은데 또 막상 대면하면 상대하기가 지극히 까다로웠다.

첸은 검을 내질렀다. 첸에게 돌진하던 룬의 발이 나선형을 그리다 그대로 바닥으로 갔다. 동시에 룬은 허리를 숙여 첸의 가슴을 파고들었다.

첸은 넘어지지 않기 위해 오히려 뒤로 물러 몸을 날렸다. 그러자 룬이 첸의 가슴을 안고 있는 조금 민망한 모습이 되었다. 첸은 검명으로 룬을 내려치려 했다. 그때 돌연 룬의 손에서 알 수 없는 기운이 흘러나왔다.

첸이 급히 룬을 밀치며 뒤로 물러났다. 동시에 비격스트라이크를 날렸다. 순간 첸의 검이 십수개로 번지로 룬의 온몸을 향해 날아갔다.

'이런.'

비격스트라이크는 첸의 비기 중 하나였다. 허상으로 보이는 검은 하나도 허초가 없었다. 모두 진짜이며 한곳이라도 적중할 시 큰 타격을 입는 무시무시한 살초였다. 룬의 공격이 워낙 특이하고 순간 이상한 기운이 흘러나오자 본능적으로 비기가 나와 버린 것이다.

하지만 이미 검을 내질러진 상태였다. 룬은 손을 앞으로 뻗었다. 그리고 무어라 중얼중얼 거렸다. 순간 룬의 손에서 붉은색의 막이 나왔다. 오러실드와 베리어를 순식간에 캐스팅에 동시에 시전 한 것이다.

챙챙챙. 수십개의 검이 붉은 막에 막혀 사라졌다. 룬은 한 발자국도 움직이지 않은 채 그 자리에 서 있었다. 그때 룬의 입에서 한 줄기 선혈이 흘러나왔다. 룬은 선현을 손으로 훔쳤다.

첸이 급히 다가와 룬을 부축했다.

"괜찮으십니까?"

걱정 가득한 음성이었다.

"물론입니다."

"제 실력이 부족하여 그만 실수를 범하고 말았습니다."

"당치않습니다. 애초에 선을 정해두고 싸운 것이 아니니 더 한 수를 썼어도 즐겁게 겨루었을 겁니다."

"그렇게 말씀해 주시니 마음이 한결 가벼워졌습니다. 그런데 가슴에 댄 손에서 이상한 것이 느껴지던데 그건 무엇이었습니까?"

"아, 이것 말입니까?"

룬이 손을 뻗었다. 그러자 물결 같은 것이 첸에게 날아갔다. 공격의 의사가 없음을 안 첸은 그것을 피하지 않았다. 마침내 그것이 몸에 닿자 생각보다 꽤 큰 충격이 전해졌다. 물리적인 충격이 아니라 몸 안을 때린 듯 가슴속이 아려왔다. 하지만 버티지 못할 정도는 아니었다.

"마나를 응용하여 만들어낸 겁니다. 편의상 마나파동이라고 부르고 있죠."

"마나파동이라… 정말이지 신묘한 수법이군요."

"하하. 그렇게 따지고 보니 먼저 살수를 쓴 건 저이니 오히려 제 쪽에서 사과를 해야 하겠군요."

"그게 또 그렇게 되나요?"

둘은 서로를 보더니 호탕하게 웃었다. 륜은 모처럼 기분이 좋았다. 륜은 원래 이렇게 합을 겨루는 것을 누구보다 좋아했다. 그래서 이전에는 강해보이는 사람이 있으면 일부러라도 시비를 걸어 싸움을 걸곤 하였다. 그런데 몸이 바뀐 후 최대한 힘을 숨기려고 애쓴 탓에 그 즐거움을 잊고 있었다. 이처럼 한바탕 시원하게 붙고나니 몸이 바뀌었다고 왜 힘을 숨기고 살았는지 이해할 수 없을 정도였다.

한편 첸은 륜에 대해 생각하고 있었다.

'검이 없었다면 훨씬 더 위력적인 공격을 했을 거야. 신기한 일이군. 이토록 뛰어난 자가 어찌 검은 실력에 비해 제대로 다루지 못하는 걸까? 설마 다른 무기를 주로 다루는 걸까? 그렇다면 왜 주 무기를 숨기고 있는 거지? 그리고 마나파동이라니… 정말 신기한 기술을 사용하는군. 역시 세상에는 내가 알지 못하는 기인이 많아. 그러니 감히 내 상상으로 움직임을 파악하지 못한 게 당연해.'

사실 첸은 검무를 핑계로 륜의 실력을 가늠해 보려 했었다. 그런데 륜과 합을 나누다 보니 본 취지를 잊어 버리고 말았다. 하지만 워낙 많은 합을 겨룬 데다 얼떨결에 비격스트라이크를 날리는 바람에 륜의 실력을 파악하는 데는 문제가 없었다.

둘은 다시 합을 겨룰까 했지만 이내 그만 두었다. 어느새 주변에 사람들이 모여 있었다. 근래에 최고로 화자되는 두 인물이 있는 것 만해도 이목이 끌리는 일이었다. 그런데 이처럼 시원하게 한판 붙었으니 사람들이 모여드는 건 당연했다.

한편 그들 중에는 불새기사단의 그레인도 있었다. 처음엔 그도 다른 이들과 마찬가지로 호기심에 이끌려 보게 되었다. 그러다 둘의 합이 치열해질수록 점점 깊은 생각이 빠졌다.

'부러진 검은 검으로써 가치를 잃은 것인데 어찌 합을 겨룰 수 있는 것인가. 이는 자칫 상대를 모욕하는 것일 수도 있는 데 첸 저자는 어찌하여 저리 즐거운 얼굴로 합을 나누는가? 또한 룬님의 저 움직임은 뭐란 말인가. 검을 들고 싸우는 것인가, 싸우는 데 검이 들려 있는 것인가.'

이윽고 룬의 손에서 마나파동이 발현되고 비격스트라이크와 룬이 생성한 붉은 막이 맞닿뜨리자 그레인의 머리에 번개처럼 무언가가 스쳐갔다.

그레인은 체면도 잊은 채 그 자리에 바로 앉았다. 그리고 명상에 잠겼다.

'검이란 무엇인가? 소드마스터란 무엇인가? 검의 극의에 다른 자가 소드마스터인가? 아니다. 검은 그저 한낱 도구에 지나지 않는다. 그렇구나… 검은 그저 한낱 도구에 지나지 않는 것을 그것에 기대어 하늘을 보려 했으니 볼 수 없었던 것이로구나. 이렇게 멍청할 수가….'

순간 그레인의 몸에서 희뿌연 것이 맴돌았다. 그 기운은 이내 그레인의 온몸을 감싸더니 강렬한 힘을 내뿜었다. 이윽고 빛이 모두 소멸되자 그레인은 자리에서 일어났다. 그러더니 다짜고짜 검을 뽑았다.

우우웅. 그레인의 손에서 오러가 발현되었다. 축제 한바탕 속에서 갑자기 오러를 발현하니 사람들의 이목이 자연스레 그쪽으로 쏠렸다.

그레인은 여전히 검을 바라보았다. 눈으로 검과 대화라도 하듯 아무런 움직임도 없이 검만 보았다. 그러던 어느 순간 검이 세차게 진동하기 시작했다. 진동은 멈출 줄 모르다 마치 모든 힘을 쏟아 내듯 한줄기 섬광을 발산했다.

마스터의 전유물인 오러블레이드가 마침내 그레인의 검에서 발현 된 것이다.

그레인의 검에서 휘화찬란한 오러블레이드가 발현되자 이를 지켜보고 있던 중인들의 입에서 탄성이 흘러나왔다. 하지만 여전히 무아지경에 빠져 있는 그레인은 룬과 첸이 그랬던 것처럼 주변의 시선 따위는 전혀 느끼지 못했다.

그레인은 넋을 잃고 오러블레이드를 바라보았다. 정녕 이것이 그토록 갈망하던 오러블레이드란 말인가. 직접 눈으로 보고도 믿을 수가 없었다. 아무리 발악해도 되지 않던 것이, 지금은 마치 원래 자기 것이었던 마냥 너무나 자연스러워 도리어 어리둥절할 정도였다.

짝짝짝. 모두가 숨죽이고 그레인을 바라보고 있는 이때. 어디선가 박수소리가 들려왔다. 박수소리는 점차 그레인쪽으로 가까워져갔다.

"위대한 소드의 탄생을 내 두 눈으로 직접 보다니. 더할나위 없는 영광이로군."

토레논은 그레인이 명상에 잠긴 순간부터 일찍이 그 변화를 알아보았다. 그래서 가슴을 졸이고 지켜보고 있는 데 마침내 오러블레이드를 뿜어내니 가슴이 벅차올랐다.

"다들 잔을 한 작씩 드시오. 이 영광스러운 장면을 직접 보게해 준 소드 그레인을 위해 한잔 합시다."

사람들은 토레논의 말에 따라 술을 한잔씩 손에 들었다. 마침내 그레인이 오러블레이드를 높게 치켜들었다. 와아아. 함성과 함께 중인들이 일제히 술을 마셨다. 소드마스터를 본 사람은 있어도 그 과정을 직접 본 사람은 드물었다. 오늘 그들은 어디 가서 떠들어도 될 만큼 진귀한 경험을 한 것이었다.

그레인과 조금이라도 친분이 있는 사람들은 그에게가 덕담 한 마디씩을 했다. 그런데 그때 그레인이 돌연 룬과 첸이 있는 곳으로 왔다. 그리고는 룬과 첸을 향해 고개를 숙이는 게 아니겠는가. 룬과 첸은 당황하여 어정쩡한 자세가 됐다.

"왜 이러십니까."

"두 분의 대결을 보며 깨달음을 얻었으니 어찌 그냥 넘어 갈 수 있겠습니다."

말을 마치며 그레인은 품에서 작은 단도 두 개를 꺼내 룬과 첸에게 주었다. 단도는 은으로 되어 있었다. 수백년 전 한 드워프 장인이 인간에게 목숨을 빚진 일이 있었다. 그때 드워프 장인이 은혜를 갚기 위해 만든 것이 이 단도였다. 드워프가 만든 물건 자체가 몇 없는 데다 드워프중에서도 장인이 만든 것이니만큼 그 값어치는 이로 말할 수 없는 것이었다.

"이 단도는…."

그레인은 단도의 내력에 대해 짤막하게 설명했다. 룬과 첸은 조금 부담스러워 거절했다. 하지만 그레인이 한사코 고집을 부리자 어쩔 수 없이 단도를 받아 들었다.

그레인은 사라졌다. 그가 사라지자 룬과 첸은 서로를 잠시간 바라보더니 알 수 없는 웃음을 지었다.

❖

"그게 무슨 말인가? 할 수 없다니?"

훈텐백작이 말했다.

"직접 겪어본 룬남작의 실력은 상상 이상이었습니다. 또 드러난 것 이외에 얼마나 더 많은 힘을 숨기고 있을지 모릅니다. 행동을 함에 있어 신중을 기하는 것이 좋을 거 같습니다."

훈텐백작이 인상을 구겼다.

"그와 즐겁게 합을 나누는 것을 봤네. 혹여 그가 마음에 든 겐가?"

"……."

"생각보다 감성적인 부분이 있었군. 정 마음이 내키지 않는다면 발을 빼도 좋아. 방해만 하지 말게. 이게 내가 배려해 줄 수 있는 최선이야."

첸은 대답을 하지 않고 우물쭈물 거렸다. 훈텐백작은 대답을 듣지 않은 채 자리를 벗어나 버렸다. 인적이 드문 곳에 다다른 훈텐백작은 첸의 말을 곱씹어 보았다.

'여태까지 밝혀진 것이라고는 오직 융커님의 증언뿐이야. 그것만 가지고 룬남작을 몰아 부친다면 오히려 후폭풍이 내게 돌아올 가능성도 있어. 첸의 말대로 잠시 보류를 해두는 거도 나쁘지 않겠군.'

그렇게 생각하는 한 편 오늘 룬의 실력을 보니 그냥 두었다가는 큰 후환이 될 것 같기도 하였다.

훈텐백작이 생각을 하고 있는 가운데 누군가 다가왔다. 융커였다. 융커는 훈텐백작에게 일을 언제 진행시킬 거냐 물어왔다.

"아무래도 그것에 대해서는 좀 더 생각을 해봐야 할 것 같습니다."

"그게 무슨 말씀이십니까?"

"룬남작은 토레논공작님의 비호를 받고 있습니다. 섣불리 건드렸다가는 화살이 오히려 제게 돌아올 수도 있습니다."

"그거라면 걱정할 것 없습니다. 브리튼님은 룬남작을 만나러 간 뒤 행방불명되었습니다. 상황상 의심을 해볼 여지가 충분히 있으니 설령 유죄를 증명해내지 못한다 하더라도 백작님에게 돌아올 화살은 없을 겁니다. 또한 오늘 멀찍이서 룬남작과 첸단장이 겨루는 모습을 보니 그 실력이 세간에 알려진 것보다 가히 뛰어나더군요. 그 정도라면 브리튼님을 사해했을 만한 실력 역시 입증이 된 것입니다."

"흐음."

훈텐백작은 생각에 빠졌다. 생각을 하면할수록 과연 융커의 말이 맞았다. 하지만 한 가지 마음에 걸리는 것이 있었다.

"융커님께서는 어찌하여 룬남작을 그토록 몰아세우려 하시는 겁니까?"

"왕자님과 룬남작은 제국의 세작이 왕궁의 감옥을 터는 어마어마한 일을 숨기고 있습니다. 일전해 말했듯 잘못된 것이 있으면 바로 잡아야 하지 않겠습니까?"

훈텐백작은 잠시 숨을 고른 뒤 고개를 끄덕였다.

"알겠습니다. 그럼 융커님만 믿고 군사를 움직여 보도록 하지요."

융커는 보이지 않게 속으로 미소 지었다.

"증거라면 저 역시 사방으로 알아보고 있으니 백작님께서는 마음을 놓으셔도 될 겁니다."

NEO FUSION FANTASY STORY & ADVANTURE

제 2 장

시작되는 전쟁

제 2 장

시작되는 전쟁

첸젠이 이끄는 군사는 총 삼만이었다. 그중 직속 기사가 백명이고, 일반 보병과 궁수 마법사 등으로 이루어져 있었다.

궁수는 다시 멀리서 저격을 하는 아처와 보병만큼이나 바쁘게 움직이며 암살을 하는 레인저로 구성 되었다.

대규모 전투라는 특성상 아무래도 레인저보다는 아처의 수가 많았다.

마법사는 크게 공격마법사, 방어마법사, 회복마법이나 패시브마법등을 걸어주는 보조마법사로 나뉘었다.

첸젠은 검사이지만 이들 모두를 지휘하기 위해서 활도 제법 사용할 줄 알았으며, 마법에 대한 지식도 상당했다.

물론 그의 궁극적인 존재 이유는 다른 것을 다 떠나 검 그 자체였다.

설령 지휘를 제대로 하지 못해도, 다른 것에 지식이 별로 없어도 그의 존재가치는 퇴색되지 않을 것이었다.

"지도에서 봤을 때는 작은 도시만한 줄 알았는데 제법 광활하군."

주위는 여전히 숲과 광활한 대지의 연속이었다. 트린베니아의 국경을 넘은지 며칠이 지났으니 지도대로라면 이미 목적지에 당도하고도 남아야 했다.

"이래서 지도는 믿을 게 못 돼. 지들 멋대로 만들어 놓는단 말이야."

첸젠의 푸념과 달리 지도는 꽤 객관적으로 만들어 지기는 했다. 하지만 제국은 거대하게 다른 나라는 외소하게 나타내는 경우가 많은 건 사실이었다.

"국경을 넘은지 삼일이 지났으니 대충 원래크기보다 세배는 줄여 놓은 거겠군. 젠장, 싸우는 것보다 이동하는 게 더 힘드니 원. 이래서 전쟁은 재미가 없어."

"식량이나 지원군 걱정 없이 싸울 수 있는 나라는 그리 많지 않습니다. 아니, 현 시점에서는 제국이 유일하다고 할 수 있겠죠."

모리엔이 말했다. 그는 첸젠이 이끄는 기사단의 부단장이자 그에게 검을 전수받은 자였다.

“그러니 너무 투덜대지 말라? 세월 참 무상하군. 내가 검만 들어도 벌벌 떨던 게 엊그제 같은데.”

“엊그제라니요. 벌서 오년도 더 된 일입니다. 그리고 거듭 말씀드리지만 그때 저는 두려워서 떤 게 아니라 추워서 떤 겁니다.”

둘은 이곳이 차가운 전장이란 것도 잊은 듯 가벼운 이야기를 주고 받았다.

얼마간 더 걸었을까. 끝없이 펼쳐진 대지가 점점 좁아지며 거대한 성이 나타났다.

“드디어 알리제 성이군요. 저곳에 발을 밟아야 진정 트린베니아에 입성했다고 할 수 있죠.”

트린베니아의 국경은 사실상 비무장지대에 가까웠다. 제국입장에서도 점령해봐야 전혀 득이 될 것이 없는 곳이기었기에 그냥 트린베니아의 땅으로 남겨두고 있을 뿐이었다.

트린베니아에 입성했다 말을 하려면 저 알리제 성을 넘어야 했다.

그리고 알리제 성은 르니에르왕국의 데스로드만큼은 아니지만 들어가는 길이 협소하고 성벽이 높아 점령하기가 쉽지 않은 곳이었다.

다행이라면 알리제성을 제외하고 트린베니아는 성이라 부를 만한 곳이 별로 없다는 점이었다. 알리제성을 입성하고 나서부터는 첸젠이 원하는 싸움을 원없이 할 수 있었다.

"누구나 다 아는 사실은 너만 아는 것처럼 말하지 좀 마. 그런 것보다 저곳에 병력은 얼마나 되지?"

"지휘관이라는 사람이 그런 것도 파악하지 않고 왔습니까?"

"오늘따라 유독 말이 많군."

첸젠이 검에 슬쩍 손을 가져갔다.

"알려지는 바는 없습니다. 트린베니아야 워낙 폐쇄적인 곳이니까요."

적을 알고 나를 알면 백번 싸워서도 위태롭지 않다고 했다. 그만큼 상대방의 전력을 파악하는 것은 전투에서 중요한 요소였다.

하지만 첸젠 그런 것에 별로 신경 쓰지 않았다. 상대방이 누구든 부수고 나가면 그만이었다.

그 오만함이 아주 근거 없는 것만은 아니었다.

첸젠 본인은 제국, 아니 대륙 최고의 검사라 생각했다. 그가 이끄는 기사단 역시 대륙 최고였다. 더군다나 이곳에 집결해 있는 삼만의 군사는 하나같이 일당백의 최정예 군사였다.

최소한 이 대륙 안에서 이 군사를 막을 수 있는 나라는 없었다.

"실제로 보니 듣던 거보다 더 높군."

"그렇긴 하군요. 하지만 이번에 새롭게 개발한 새 공성기면 성벽의 높이가 얼마나 높든 상관없습니다. 공성기와 아처, 그리고 마법사들이 지원을 한다면 성에 올라가는 건 일도 아닙니다."

"번거롭군. 어차피 성에 있다 죽을 꺼 그냥 화끈하게 싸워줬으면 좋겠는데."

"어쩔 수 없지요. 성 밖을 나오는 순간 목숨을 내놓아야 하는데 누가 나서서 죽고 싶겠습니까."

첸젠은 못마땅 한 듯 혀를 한 번 찬 뒤 나팔을 꺼냈다. 그가 나팔을 불자 뒤이어 그와 동일한 수십 개의 소리와 북과같은 악기들이 온갖 시끄러운 소리를 냈다.

지상 최고의 검사 첸젠이 이끄는 제국군과 트린베니아의 본격적인 전쟁이 시작되려 하고 있었다.

간신히 형체를 알아볼 정도로 어두운 밀실 안에 바르테오와 네 명의 제자가 모여 있었다. 밀실 중앙에는 사람보다 큰 크리스탈이 공중에 살짝 떠 있었다. 크리스탈을 중심으로 네 방향으로 길이 나 있었고 각각 끝에는 사람 하나가 들어갈 만한 둥근 원기둥이 있었다.

"각자의 자리로 가거라."

바르테오의 지시에 따라 트라울라를 제외한 세 제자가 원기둥으로 들어갔다.

메지아를 발동시키기 위해서는 땅, 물, 불, 바람. 네 가지 속성의 강력한 힘이 필요했다. 이미 땅, 물, 바람의 힘은 모아져 있는 상태였다. 그것을 대변 하듯 중앙에 있는 크리스털의 칠할 정도는 파란색과, 하늘색, 노란색으로 채워져 있었다. 나머지 부분이 바로 불의 힘이 들어갈 곳이었다. 불의 힘을 받기로한 사람은 트라울라였다. 그래서 그를 제외한 세명만이 자리로 간 것이다.

"트라울라 너는 혹시 모를 비상시에 대비하고 있거라."

제국의 움직임이 심상치 않다는 것은 첩보를 통해 알고 있었다. 불의 힘이 없는 이 시점에 메지아를 무리하게 발동시키려는 이유가 그 때문이었다.

다행히 메지아를 발동시키는 데 네 가지의 힘이 모두 필요한건 아니었다. 메지아는 순차적으로 작동됐으며 마지막에만 네 가지 힘이 있으면 됐다.

메지아를 완성하는 데 필요한 시간은 보름정도였다. 그 전까지만 불의힘을 메지아에 쏟아 넣으면 됐다. 그렇다 하더라도 기왕이면 불의힘을 완성한 상태에서메지아를 발동시키는 게 안전했다. 하지만 제국이 움직이고 있는 마당에 마냥 기다리고 있을 수만은 없었다.

"잊지 말거라. 메지아를 완성하는 건 우리의 오랜 숙명이다. 반드시 늦지 않게 와야 한다."

트라울라가 결의에 찬 얼굴로 고개를 끄덕였다. 트라울라의 얼굴을 확인한 바르테오는 크리스털로 다가갔다. 그리고 그곳에 손을 대고는 괴상한 주문을 외워댔다. 그러기를 수 시간이 지났다. 크리스털에서 노란 빛이 나더니 첫째제자에게 점차 퍼져나갔다. 땅의 힘이 그 주인을 찾아 흘러가기 시작한 것이다.

이제부터 꼬박 보름간 이들은 꼼짝도 하지 못한 채 이 지루하고 힘든 작업을 해나가야 했다.

트라울라는 땅의 힘이 발동하는 것을 눈으로 확인 한 뒤 밀실을 나갔다. 그리고는 곧 몰로노아항구로 갔다. 그곳에서 룬을 기다렸다. 그런데 좋지 못한 소식이 전해졌다. 예상보다 훨씬 빠른 시간에 제국군이 몰려온다는 것이었다.

"젠장, 하필 이럴 때에…."

바르테오와 세 명의 제자는 메지아에 속박되어 있는 상태였다. 그 상태에서는 아무 행동도 할 수 없으며 아무것도 볼 수 없고 아무것도 들을 수 없었다. 만약 강제로 때어낸다고 하면 불구가 되거나 목숨을 잃을지 몰랐다.

설상가상으로 애드워드는 저 멀리 헨탄왕국에 가 있는 상태였다. 어쩔 수 없이 트라울라 홀로 알리제 성으로 출발하였다.

❖

트라울라는 알리제 성 위에서 제국군을 내려다 보았다. 가까이서 본다면 하나하나 생김새도 다르고 덩치도 다를 저들의 모습은 특색 없이 모두 점으로 보였다.

전쟁이 시작 되면 저들의 목숨 역시 그들이 어떤 사람이든, 어떤 삶을 살았든 상관없이 모두 검 앞에서 평등하게 될 것이다.

내가 죽느냐, 상대방이 죽느냐. 전쟁은 잔인하면서도 가장 명확한 방법이었다.

"스승님. 그리고 형제들. 내 반드시 저놈들의 목을 따 한 발자국도 이 신성한 땅을 밟지 못하게 해주겠소."

트라울라가 낮게 중얼거렸다.

얼마 지나지 않아 시끄럽던 소리가 사라졌다.

제국군은 더 가까이 성주 변으로 접근해 와 있었다. 애매한 거리였다. 가깝지만 활이나 마법으로는 닿지 않을 만큼 적당히 멀었다.

다시금 제국군쪽에서 나팔 소리가 들려왔다. 처음 들

렸던 것과 조금 다른 소리였다.

'공격이 시작되려 하는 군.'

"이제 공격이 시작 될 것이다. 부장들에게 일러 절대 저들이 성을 오르지 못하게 하고 특히 불화살이나 마법에 주의하도록 일러."

"알겠습니다."

부사령관을 맡고 있는 다오스가 결의에 찬 얼굴로 대답했다. 트린베니아는 야만족이라 불릴만큼 강하지만 이런 대규모의 전투에는 익숙치 않았다. 특히 성을 끼고 싸우는 공선전은 생소하기 그지 없는 것이었다.

그것은 트라울라 역시 마찬가지였다. 드넓은 평원에서 싸우라면 얼마든지 싸우겠지만 성을 지키라는 건 너무나도 어려운 일이었다. 마음 한구석에는 이렇게 성위에서 싸우는 것이 조금 비겁하다는 생각이 들 정도였다. 하지만 상황이 상황인 만큼 그런 것을 따질 때가 아니었다.

다오스가 사라지고 얼마 지나지 않아 알리제성 위에서도 북과 시끄러운 나팔 소리 같은 것이 울려 퍼졌다.

얼핏 들으면 제국군 쪽에서 나온 소리와 다를 것이 없었다. 그만큼 비슷한 소리였다. 하지만 전장에 있는 자라면 그 소리가 어디서 나는 지 단박에 파악할 수 있어야 했다.

두 곳에서 나는 소리가 한데 뒤엉킨 지 얼마 되지 않아 곧 대지가 진동했다.

마침내 제국군이 전진을 시작하고 있는 것이다.

❖

보통 성을 함락시키기 위해서는 최소한 세배의 병력이 필요하다고 한다.

이는 성이 가지고 있는 이점 때문이었다.

성위의 병력은 일방적으로 적군을 공격할 수 있는 반면, 적군은 성에 오르기 위해 많은 피해를 감수해야 했다.

또한 성에 오르기 전에는 병력이 가지고 있는 능력 역시 소용이 없었다.

하지만 이는 일반적인 경우였다.

공격신호가 떨어지자 제국군 진형에서 집채만한 돌덩이들이 날아왔다.

대게는 빗나갔지만 상관없었다.

단 한방이라도 성벽에 명중한 돌덩이는 그 지역을 풍지박산으로 만들어 버렸다.

동시에 화살의 비가 쏟아졌다. 그 중 반절은 불을 머금고 있는 불화살이었다.

화살의 비가 지나간 뒤에는 마법들이 난무했다. 파이

어볼, 매직미사일, 아이스애로우, 윈드커터.

위력은 그리 쌔지 않지만 시선을 끌기에는 충분한 것들이었다.

혼란을 틈타 제국군들이 성벽을 오르기 시작했다.

트린베니아군은 돌덩이나 기름을 부으며 제국군을 저지했다.

하지만 동시에 하늘에서는 백여명의 기사들이 일제히 날아들고 있었다.

마법사들이 플라이 마법을 이용해 기사들을 떨궈주는 형식이었다.

기사들이 발을 내딘 곳은 특히 공성병기에 의해 크게 타격을 받은 곳이었다.

"화살을 날려라."

수백개의 화살이 날아오는 기사들을 향해 날아갔다. 그중 일부는 마법사들에게 적중해 날아오던 기사들과 동반으로 바닥에 떨어지기도 했다.

하지만 빗나가거나 기사들의 방패에 막히는 것이 대부분이었다.

성벽에 안착한 기사들은 곧 그 주변 병력을 깨끗이 정리했다.

그들은 일당백의 전사들이었다. 공성전이라는 특성상 실력발휘를 하기 힘들 뿐, 자리만 만들어 진다면 몇 명이

든 베어낼 수 있었다.

주변을 정리한 기사들은 곧 밧줄을 내려 보병들이 올라올 수 있게 하였다.

제국의 보병들이 개미 때처럼 성벽을 오르기 시작했다.

뒤늦게 이를 막으러 온 트린베니아 병력은 첸젠의 기사들에 의해 무참히 도륙 당했다.

"젠장, 이놈들이…."

트라울라는 이를 갈았다.

"그래. 차라리 잘 됐어. 이렇게 성안에 틀어박혀 적이 물러가기만 기다리는 건 내 성격이 아니지."

트라울라는 첸젠의 기사들이 가장 많이 몰려 있는 곳으로 몸을 날렸다.

황소처럼 돌진한 트라울라는 첸젠의 기사의 머리통을 그대로 날려버렸다.

순식간에 주위에 있던 기사들이 트라울라를 애워쌓다.

"네놈들이 감히 이곳을 넘봐. 오냐, 내 오늘 네놈들을 싹다 잡아 들소 먹잇감으로 주마."

말과 동시에 트라울라가 다시 몸을 날렸다. 제국의 기사가 트라울라의 검을 막으려 했지만 무용지물이었다. 검과 동시에 그의 몸은 그대로 반으로 갈라져 버렸다.

이에 멈추지 않고 트라울라는 다시 몸을 움직였다. 보

아 온게 있는지라 기사들은 정면 대결보다는 피하는 것을 택했다.

기사가 피하자 트라울라의 몸이 성벽 가장자리까지 움직였다.

자칫 성벽아래로 떨어지는 건 아닐까 싶을 정도로 간당간당했다.

하지만 트라울라는 재빠르게 중심을 잡더니 성벽을 연결해 놓은 밧줄을 그대로 끊어 버렸다.

"으아악."

비명과 함께 철푸덕거리는 소리가 사방에서 들렸다. 밧줄을 타고 올라오던 제국군들이 그대로 바닥에 떨어지고, 또 그들이 떨어지면서 그 밑에 있던 자들까지 깔려 죽고 말았다.

트라울라는 다시 다른 밧줄이 있는 곳으로 움직였다. 첸젠의 기사들은 서로를 보았다. 그리고는 고개를 끄덕였다.

트라울라처럼 강자가 나타났을 경우, 정면 대결보다는 이상행동을 하지 못하도록 적당히 거리 유지만 하도록 훈련 받았다.

하지만 요리조리 움직이며 밧줄을 끊고 다니니 마냥 거리만 유지할 수만도 없었다.

트라울라를 애워 쌓던 첸젠의 기사들이 일제히 공격에 들어갔다.

네 방향에서 동시에 검이 날아 오자 트라울라는 높이 점프를 했다.

그리고 착지를 하면서 무릎으로 기사의 머리를 그대로 박살냈다. 동시에 검을 횡으로 베어 기사 한명의 다리를 잘랐다. 무거운 체인메일을 입고 있던 기사는 그대로 고꾸라져 피를 토했다.

하지만 트라울라는 여기서 멈추지 않고 그의 가슴에 검을 꽂아 넣었다.

트라울라는 자리에서 일어났다. 그리 빠른 동작은 아니지만 기사들은 감히 그의 행동을 제지할 생각을 하지 못했다.

트라울라는 곁눈질을 하며 잠시 주변을 살폈다. 자신이 있는 곳을 제외하고서는 트린베니아병력의 비명소리만 난무했다.

성벽에 떨어지는 병력보다 유입되는 병력이 더 많았고 그들의 실력은 트린베니아에 비해 모자람이 없었다.

'일단 이 뱃줄부터 끊는 게 급선무다.'

트라울라는 다시 움직이기 시작했다.

"예상보다 저항이 거세군요."

그렇게 말한 모리엔은 성벽 한 지점을 뚫어져라 보고 있었다.

그곳에서는 다른 곳과 정 반대의 현상이 나타나고 있었다. 덩치가 곰만한 자가 검을 휘두를 때마다 제국군이 한 명씩 나자빠져 나갔다. 게다가 그들은 일반 병사도 아닌 제국내에서도 최정예인 첸젠의 기사들이었다.

게다가 그 곰같은 자는 영리하게도 성에 열결된 밧줄을 지속적으로 끊어 후속병력까지 막아 내고 있었다.

"아무래도 제가 나서야겠습니다."

모리엔은 마법사를 불렀다.

그때 첸젠이 모리엔의 팔을 붙잡았다.

"두고보다가는 심각한 피해를 감수해야 할 겁니다. 제가 가야됩니다."

모리엔은 첸젠이 보기와 달리 자신을 걱정해 주는 것이라 생각했다.

하지만 그런 모리엔의 생각은 깨끗이 빗나갔다.

"너로는 부족해."

"예?"

"내가 가도록 하지."

모리엔이 놀라고 있는 사이 첸젠의 몸은 어느새 하늘을 향하고 있었다.

다른 기사와 달리 첸젠은 아티펙트가 있었다.

그래서 본인의 마나를 사용해 플라이마법을 시전할 수 있었다.

첸젠의 신형이 성벽으로 향하는 것을 보던 모리엔은 갈등했다. 이곳에 남아 지휘를 해야 하나, 아니면 첸젠을 따라가야 하나.

갈등은 오래지 않았다.

“첸젠님을 따라갈테니 이제부터 전부대는 울란님이 맡아주십시오.”

부장에게 책임을 떠넘긴 모리엔은 마법사의 손에 이끌려 첸젠의 뒤를 따라갔다.

기사를 베어가며 밧줄을 끊고 있던 트라울라를 향해 어디선가 검 하나가 날아왔다.

습관적으로 검을 내치던 트라울라는 검에 실린 강력한 기운에 뒤로 몇 발자국이나 물러나야 했다.

“야만용사, 트라울라. 직접 보니 그 힘이 소문 이상이로군.”

트라울라는 갑자기 나타난 상대방을 보았다. 얼굴까지 풀플레이트아머를 두르고 있었다. 플레이트아머는 화살이나 기타 공격에 강력한 방어수단이지만 움직임이 극히 제한적이었다. 그래서 전장에 뛰어들 일이 없는 지휘관들만이 풀플레이트아머를 입었다. 풀플레이트아머를 입고 있는 이상 전투능력은 없다고 봐도 무방했다.

제국군을 지휘할 정도의 인재가 그것을 모를리는 없을 테고 대관절 이곳에 나타난 이유가 무엇일까? 트라울라는 잠시 머리를 굴렸지만 이내 그만 두었다. 상대방이 무슨 이유로 나타났는지는 중요한 게 아니었다. 그저 베어 없애면 그만이었다.

"흥, 쥐새끼처럼 숨어 있을 노릇이지 몸소 죽으러 와주셨군. 그 따위 무거운 것을 입고 제대로 움직일 수나 있을까."

그 말이 끝나기가 무섭게 첸젠이 입고 있던 아머가 기괴하게 변하더니 활동성이 좋은 체인메일로 변화하기 시작했다.

"드래곤아머!?"

드래곤의 뼈로 만들었다는 전설의 갑옷이었다. 착용자의 능력에 따라 원하는 강도와 원하는 모양대로 변화가 가능하다고 알려진 갑옷이었다. 하지만 이는 전설 속에서나 나오는 것으로 실존하지는 않았다.

"비슷하다고 해두지."

첸젠의 갑옷은 트랜스아머로써 이름이 알려지지 않은 대마법사에 의해 만들어진 것이었다.

트랜스아머는 드래곤의 뼈로 만들지도 않았고 원하는 강도와 모양으로 바꿀 수도 없었다. 강도는 일정했고 모양도 플레이트와 체인메일 두 가지가 전부였다. 하지만 체인메일로 바꾸는 것만으로도 그 효용은 충분했다.

"남자답게 일대일로 승부를 해보는 건 어떤가?"

첸젠이 트라울라를 향해 검을 겨누었다.

"흥, 그깟 요상한 갑옷 좀 가지고 있다고 기고만장하기는."

대답을 하면서 트라울라 역시 첸젠에게 검을 겨누었다.

여유로운 모습과 달리 등골이 오싹했다.

이제는 얼굴이 보였지만 상대가 누구인지 파악할 수 없었다.

하지만 전사로써 본능이 말해주고 있었다.

그는 위험하다.

그렇다고 싸움을 피하는 건 트라울라의 성격상 맞지 않았다.

아니, 오히려 상대방이 강할수록 더욱 투지를 불태우는 것이 그였다.

그럼에도 이번 싸움만은 피하고 싶었다.

상대도 상대지만 이렇게 한 사람에게 묶여 있을 때가 아니었다.

더 많은 기사들을 베야 하고 제국군이 성벽으로 올라오는 것을 막아야 했다.

물론 마음을 그렇지만 그렇게 할 수 있는 상황은 아니었다.

첸젠같은 강자를 앞에 두고 다른 기사들을 상대한다는 건 불가능한 일이었다.

'최대한 빨리 끝장을 내는 수밖에….'

"크아아."

트라울라가 괴성을 내질렀다. 그의 검에서 붉은 빛이 맴도는 오러블레이드가 활활 타올랐다.

첸젠의 눈에 이채가 서렸다. 이토록 강력한 오러블레이드는 실로 오랜만이었다.

오러블레이드의 위력은 그 사람의 실력과도 직결된다. 첸젠은 오랜만에 가슴이 두근거렸다.

"히얍!"

첸젠도 지지 않고 오러블레이드를 뿜어냈다. 검에서 1m나 더 높게 뻗은 오러블레이드는 닿기만 해도 모든 걸 잘려버릴 듯 날카로운 위용을 뽐냈다.

"크아악."

트라울라가 괴성을 지르며 첸젠에게 달려들었다. 두 사람의 검이 한 데 어우러졌다. 극강의 오러블레이드가 맞붙이치자 폭탄이라도 닿은 듯 엄청난 굉음이 터져나왔다.

불씨처럼 오러블레이드의 잔해가 이곳저곳으로 퍼졌다.

"흥, 제법이군."

검을 맞댄 상태에서 트라울라가 말했다.

"너 역시."

첸젠은 검을 회수하고는 곧바로 반격을 가했다. 트라울라는 덩치와 어울리지 않게 잽싼 동작으로 첸젠의 검을 피했다. 그리고 그가 자랑하는 무자비한 힘으로 첸젠을 압박해 나가기 시작했다.

트라울라의 검이 닿을 때마다 첸젠은 손에 묵직한 감각이 전해졌다. 단순히 힘만 쌘것이 아니었다. 날카롭고, 빠르고, 예리했다.

첸젠은 희열을 느꼈다. 온몸의 감각이 깨어나는 듯 했다. 잊고 있었던 전투의 순수한 즐거움이 되살아났다.

둘이 합을 나누고 있는 사이 몇몇의 제국군이 멋도 모르고 다가왔다.

첸젠과 합을 나누던 트라울라가 돌연 몸을 빙글빙글 돌렸다. 그러면서 마치 누가 조종이라도 하듯 몸이 이리저리 움직였다.

트라울라가 지나갈때마다 제국군들이 추풍낙엽처럼 떨어져나갔다.

첸젠이 이를 제지하기 위해 트라울라에게 다가갔다. 하지만 트라울라의 강력한 힘에 1M나 뒤로 밀려나는 수 모를 겪어야 했다.

거리가 벌어지자 트라울라는 곧 크게 점프를 하여 첸젠에게 쇄도했다.

'멍청한.'

싸움에서 점프를 하는 건 대단히 위험한 행동이었다. 더욱이 저렇게 높은 점프라면 하수에게는 통할지 몰라도 고수에게는 허점을 드러내는 꼴 밖에 되지 않는다.

하지만 트라울라는 그런 일반적인 검사가 아니었다. 첸젠이 날아오는 트라울라를 향해 검을 찌르자, 트라울라는 공중에서 몸을 회전시켰다.

마치 첸젠이 그렇게 공격할 것을 예상이라도 한 듯 자연스러운 움직임이었다.

회전과 동시에 첸젠의 옆구리를 후려쳤다. 아무리 첸젠의 갑옷의 내구가 뛰어나고, 오러로 몸을 보호 한다 하더라도 오러블레이드를 정통으로 맞으면 무사할 수 없었다.

첸젠은 기사로써는 조금 수치스러울 수 있지만 몸을 굴려 트라울라의 검을 피했다.

"후, 이거 만만치 않군."

바닥에서 일어난 첸젠이 짐짓 여유로운 듯 말했다.

"쥐새끼처럼 피하지만 말고 남자답게 한 번 붙어 보시지."

트라울라는 검을 움켜쥐었다. 사람 키만큼 거대한 소드를 한손으로 든 그의 모습은 흡사 오거를 연상시켰다.

트라울라의 몸에서 거대한 소용돌이가 돌기 시작했다. 고수들의 싸움은 종이 한 장 차이로 쉽게 끝나는 경우도 있지만, 보통 지루하리만큼 오래 지속 되었다.

둘의 경우도 마찬가지였다. 단순히 합을 나누는 것만으로는 어느 세월에 끝이 날지 알 수 없었다.

물론 보통의 경우였다면 그건 하등 문제 될 건 없었다. 트라울라는 싸움을 좋아했고, 특히 첸젠과 같은 고수와의 싸움은 몇 시간을 해도 질리지 않았다.

하지만 지금은 전쟁중이었다. 더군다나 제국군이 밀려와 한시라도 빨리 상대를 제압해야하는 상황이었다.

"크아아악!"

트라울라의 괴성이 온 전장을 울렸다. 흡사 드래곤피어처럼 그 괴성을 들은 제국군의 몸이 잠시간 부르르 떨렸다.

트라울라의 기세가 점점 거세지더니 이내 온 몸에서 붉은 기운이 넘실거렸다.

"쳇."

첸젠은 트라울라와 좀 더 합을 겨뤄보고 싶었다. 그와 같은 고수를 만나기란 쉽지 않았다. 더군다나 이렇게 목숨을 걸고 싸우는 경우는 더더욱 흔치 않았다.

천금을 주고도 얻을 수 없는 이 값진 경험을 쉽게 끝내고 싶지 않았다.

하지만 트라울라같은 고수가 비기를 발휘한다면 맞대응해주는 수밖에 없었다.

“흐아압.”

첸젠도 뒤이어 기합성을 내질렀다.

온 몸이 붉게 물든 트라울라가 첸젠을 향해 일검을 내질렀다.

트라울라의 모든 비기가 담긴 일검이었다.

첸젠은 달려오는 트라울라를 향해 낮게 점프를 했다. 그리고 트라울라가 아닌 그의 앞에 검을 강하게 꽂아 넣었다.

“데이시스.”

쿠쿠쿵.

바닥에 꽂힌 검 주변이 황금빛으로 물들었다. 그리고 그 황금빛은 곧 트라울라를 덮쳤다. 사람의 눈을 단숨에 멀게할것처럼 찬란히 빛나던 빛이 사라졌다.

첸젠은 한쪽 무릎을 바닥에 대고 바닥에 검을 내리 꽂은 채 앉아 있었다. 마치 운석이라도 날아 온 듯 그의 주변이 움푹 패어져 있었다. 그리고 그 귀퉁이 한 곳에 트라울라가 쓰러져 있었다.

쿨럭.

트라울라의 입에서 선혈이 뿜어져 나와 얼굴을 적셨다. 트라울라는 손으로 선혈을 닦으려 했다. 하지만 그럴 수 없었다. 그의 손은 검을 쥔 그 상태로 저 멀리 날아가 병사들의 발에 짓밟히고 있었다.

검사에게 손을 생명이었다. 비록 숨이 붙어 있지만 검사로써 생명은 이미 끝난 것이다.

첸젠은 상황에 어울리지 않게 트라울라를 내려다보았다. 전장을 마구 날뛰던 트린베니아의 전사는 이제 반신불수가 되어 누워 있었다.

측은한 마음이 들 법도 하지만 첸젠의 눈에는 동정심 따위는 보이지 않았다. 그는 멋지게 싸웠고 그리고 죽는 것이다. 본인 역시 자신보다 더 강한 상대를 만난다면 트라울라와 같은 신세가 될 것이다. 그리고 그때가 됐을 때 상대가 동정심을 보인다면 오히려 수치스러울 것이었다.

"마지막으로 하고 싶은 말이 있나?"

첸젠이 트라울라의 목앞까지 검을 들이밀었다.

"쿨럭, 원통하구나. 조금만 더 시간이 있었어도…."

그 말을 끝으로 트라울라의 목이 축 늘어졌다. 첸젠의 검에 유린당하기 전에 혀를 깨물어 스스로 목숨을 끊은 것이다.

첸젠은 아쉬움이 남았다. 트라울라는 자신이 상대했던 자들 중에서도 손꼽히는 고수였다. 그런 자의 마지막을 자신의 손으로 직접 하고 싶었는 데 자결을 해버리고 만 것이다.

"모리엔 이자의 시신을 수습하여 전투가 끊나거든 양지바른 곳에 묻어 주어라."

"예?"

첸젠을 뒤따라 와 둘의 대련을 지켜보던 모리엔이 깜짝 놀라 되물었다. 이곳은 전장이었다. 자국군의 시신 하나 챙기기 힘든 마당에 적군의 시신을 챙겨주라니.

첸젠은 모리엔의 의문을 뒤로하고 전장으로 뛰어들었다. 모처럼 신나게 싸울 상대를 만났건만 허무하게 죽어버렸으니 여운이 너무 깊게 남아 있었다. 그리고 그 여운은 트린베니아군에게 고스란히 돌아갔다.

NEO FUSION FANTASY STORY & ADVANTURE

제 3 장

뛰는 놈 위에 나는 놈

제 3 장

뛰는 놈 위에 나는 놈

데이미안은 브리튼의 시체를 이리저리 살폈다. 가슴부근에 큰 상처가 있었지만 훼손이 그렇게 심하지 않아 신원을 확인하는 데 어려움은 없었다.

"어떻습니까?"

훈텐백작이 말했다.

"확실히 숙부님의 시신이 맞군요."

데이미안은 기분이 뒤숭숭했다. 혈연지간임을 생각한다면 슬퍼해야 마땅했다. 하지만 브리튼은 눈에 가시 같은 존재로 한편으로는 아무런 말씽 없이 이렇게 시체가 되어 돌아온 것이 다행이라는 생각도 들었다.

"그런데 숙부님의 죽음과 룬남작이 어떤 연관이 있다

는 겁니까?"

"그거야 왕자님께서 더 잘 아시지 않습니까? 브리튼님은 룬남작을 만나러 간 뒤 행방불명되었습니다. 그리고 이렇게 시체가 되어 돌아왔습니다. 이정도면 정황은 충분하지 않습니까?"

"숙부님이 움직인 건 개인적인 행동이었습니다. 백작님께서 그것을 어찌 아셨습니까?"

데이미안의 음성에는 추궁의 느낌이 서려 있었다.

"그보다 대체 브리튼님께서는 왜 룬남작을 마나러 간 겁니까? 그 이유를 알 면 정황이 좀 더 명확해 질 것 같은데요."

"말했듯 개인적인 일입니다. 어떻게 안겁니까?"

"융커님에게 들었습니다. 텔레포트게이트를 설치하기 위해 모리튼산맥을 경유하던 중 우연히 봤다고 하더군요."

"융커님이요?"

융커의 이름을 듣자 데이미안의 얼굴이 대번 굳어졌다.

"설마 시신을 찾아온 것도 융커님입니까?"

"그렇습니다."

데이미안의 얼굴은 더욱 심각해졌다.

'룬남작이 왕실을 비호하고 있는 와중에 이렇게 곤란

한 일이 생겼으니 속이 쓰릴 수밖에… 게다가 사회적 지위가 있는 융커님이 증언을 하고 나섰으니 머리가 꽤나 아프실 겁니다. 하지만 걱정하지 마십시오. 룬남작만 깔끔하게 제거할 수 있다면 왕자님이 숨기고 계신 그 비밀은 왕궁의 평화를 위해 지켜드리겠습니다.'

훈텐백작이 원하는 건 룬을 몰아내어 마땅히 받아야할 권리를 찾는 것이었다. 그래서 생각해 보니 융커가 말한 사실들을 굳이 크게 벌일 필요는 없다고 생각했다. 물론 융커에게는 속내를 말하지 않았지만 말이다.

"융커님께서 룬남작이 숙부님을 사해하는 장면을 직접 목격했다고 합니까?"

"그건 아닙니다. 그랬다면 벌써 형을 집행하고 있었겠죠."

"정황이 들어맞는다고는 하지만 직접 본 게 아니라니 설득력이 떨어지는 군요. 게다가 숙부님의 검술실력은 상당합니다. 룬남작이 숙부님을 이겼으리라고는 생각하기 힘들군요."

"검을 겨루는 데는 변수가 굉장히 많습니다. 아무리 소드마터라도 한낱 무지렁뱅이에게도 죽을 수 있습니다. 하물며 왕자님께서도 오늘 심사장에서 첸과 룬남작이 겨루는 걸 보지 않으셨습니까? 그 정도 실력이라면 브리튼님께서 충분히 화를 당하셨을 수 있을 겁니다."

게다가 데이미안은 룬이 마법을 부려 오히려 오늘 본 것보다 더 굉장한 실력이라는 것을 알고 있었다. 요령이 아니라 충분히 브리튼을 이길 수도 있다는 생각까지 들 정도였다.

하지만 브리튼은 당시 사병까지 동원한 상태였다. 그러니 룬이 브리튼을 죽이려면 그 뿐만 아니라 사병들까지도 모두 죽였어야했다. 아무리 싸움에 변수가 많고 룬의 실력이 출중하다니만 그건 사실상 불가능에 가까웠다.

그런데 훈텐백작은 그 사실은 모르는 듯 했다. 데이미안은 그 사실을 설명하여 훈텐백작을 설득하기 보다는 오히려 수긍하는 빛을 보였다.

"생각해 보니 그도 그렇군요. 게다가 왕실수석마법사께서 증언했으니만큼 공신력은 확실하겠군요. 기왕 이렇게 된 거 원하시는 데로 수사를 진행하도록 하세요."

훈텐백작은 조금 의외라는 얼굴을 하였다. 룬은 토레논에게 의회의 의결권을 위임한 상태였다. 토레논이 왕가에 우호적인 태도를 취하고 있으니 데이미안의 입장에서는 어떻게 해서든 룬을 지키고 싶을 터였다. 그런데 너무 쉽게 승낙해 버리니 다른 꿍꿍이가 있는 건 아닌가 하는 생각이 들었다.

훈텐백작은 데이미안을 만난 후 집무실로 왔다. 그때 때마침 융커가 찾아왔다. 그리고는 시체를 보관하는 영안실에 가보라는 조언을 해주었다.

브리튼은 융커의 말에 따라 브리튼의 시신이 있는 곳으로 다시 갔다. 목적지에 도착했을 즈음 극심한 악취에 코를 움켜줘야 했다. 시신을 처리하는 병사가 시체하나를 옮기고 있던 것이다.

고약한 악취에도 불구하고 훈텐백작은 일꾼을 불러 세웠다.

"왜 그러십니까?"

"이 시신은 누구의 것이냐?"

"사절단으로 위장 잠입했던 제국군중 한명인 요르망이라는 자의 시신입니다."

"요르망?"

요르망은 소드마스터의 경지에 오른 자 이기에 훈텐백작은 그의 이름을 제법 또렷이 기억했다. 하지만 병사를 불러 세운 건 그 이유 때문은 아니었다.

"이 시신을 이리 가져 오거라."

"예? 하오나…."

"내 수사 중에 필요하여 그렇다. 문제가 생긴다면 내가 처리해 줄 테니 잔말 말고 따라와라."

훈텐백작은 데이미안을 만났던 곳으로 돌아갔다. 병사

는 브리튼의 시신 옆에 요르망의 시신을 놓은 다음 사라졌다. 훈텐백작은 턱을 어루만지며 두 시신을 내려다 보았다.

요르망의 시신의 상태는 좋지 않았다. 그럼에도 가슴에 난 상처는 확연이 눈에 들어왔다. 그것은 브리튼에게서 난 상처와 동일한 것이었다.

훈텐백작은 그래플아카데미의 몬스터토벌 훈련을 떠올렸다. 룬은 당시 그래플아카데미의 검술특기생이었기에 당연히 그 자리에 있을 터였다.

거기까지 생각이 미친 훈텐백작은 당시 자리에 있었던 제국군을 찾아갔다. 그들은 현재 감옥에 수감중이었는 데 온갖 고문으로 인해 심신이 많이 약해져 있는 상태였다. 훈텐백작은 그들 중 그나마 눈빛이 살아 있는 자를 택했다.

"이름이 무엇이냐?"

그 물음에 제국군은 잠시 고개를 들더니 훈텐백작을 빤히 바라보았다.

"이미 모든 걸 다 말했는 데 또 뭐가 궁금하여 오셨습니까."

"나는 훈텐백작이다. 이 나라 열두 귀족중 하나이며 법무부를 담당하고 있지. 네가 얼마나 성의 있게 대답을 해주느냐에 따라 이곳을 무사히 나갈 수도 있게 도움을 줄 수도 있다는 소리다."

제국군은 잠시간 생각을 하더니 이내 입을 열었다.

"존이라고 합니다."

"존. 평범한 이름이군."

"무엇이 알고 싶으신 겁니까?"

"요르망이 어떻게 죽었는지 알고 싶다."

"제대로 찾아오셨군요. 마침 그분의 옆에 있었기에 당시 상황을 제법 똑똑히 기억하고 있죠."

그는 당시 있었던 일을 술술 말하기 시작했다. 아카데미생 한 명이 요르망과 결전을 벌이다 마침내 단칼에 무찔렀다는 것이다. 사실 이건 비밀도 아니었다. 이미 모진 고문에 실토를 한 일이기도 했다.

"그래서 그게 누구냐?"

"그것을 제가 어찌 알겠습니까?"

존이 조소를 지었다.

훈텐백작은 인상을 찌푸렸다.

"모습이라면 어렴풋이 기억하고 있죠. 가죽갑옷을 입고 머리는 금발이며 체격은 보통이고 검을 들고 있었습니다."

가죽갑옷을 입고 체격이 보통인 금발의 검사는 너무 평범하여 누구라 단정 지을 수가 없었다. 훈텐백작은 지금 존이 자신을 놀리고 있음을 깨달았다.

"괜한 객기로 살수있는 기회를 놓치는 것은 어리석은 짓이다. 네가 아니라도 아직 살아 있는 포로가 많다."

"소용없을 겁니다. 당시 그곳에 있는 아카데미생이 수십인데 아군도 아니고 어차피 곧 죽일 사람들의 신상까지 알고 있는 사람은 없습니다."

생각해 보니 일리가 있는 말이었다.

그래도 훈텐백작은 다른 포로에게 향했다.

그때 존이 말했다.

"크크. 그리고 제 이름은 존이 아니라 셈입니다."

훈텐백작은 그 말을 무시했다.

다른 포로들에게도 똑같은 질문을 했지만 역시 헛수고였다. 정신이 멀쩡한 사람도 드물었고 살기 위해 거짓말을 하는자도 있었다.

훈텐백작은 별 소득 없이 감옥을 나왔다. 감옥을 나오자마저 곧장 에일리아를 찾아갔다.

"백작님께서 이곳까지는 어쩐 일이신가요?"

에일리아의 음성은 퉁명스럽기 그지없었다. 그녀 역시 훈텐백작과 토레논의 불편한 관계를 알고 있는지라 말이 곱게 나가지 않았다.

"과연 명실상부 왕국 최고의 아카데미입니다. 들어오면서 보니 뛰어난 실력자들이 많이 보이더군요."

"시답잖은 소리를 하시려거든 그만 가시죠. 리오도르

님께서 오실 때가 됐거든요."

"물어볼게 있어서 왔습니다. 이번 심사에서 보니 룬남작의 실력이 세간의 평보다 훨씬 뛰어나 보이더군요. 그래서 혹여 당시 산맥에서 제국군을 비롯 요르망을 물리친 것도 룬남작이 아닌가 하는 생각이 들어서요."

"갑자기 그게 왜 궁금하신 거죠?"

"너무 그렇게 경계하실 거 없습니다. 물론 룬남작에게 추포령을 내린 것이 저이기는 하지만 그처럼 뛰어난 인재가 허망하게 왕국에서 사라지는 것은 저 역시 원치 않습니다. 하여 당시 토벌단의 수장이었던 요르망을 물리치고 공주님과 에일리아님을 구했다면 그 공을 높이사 전화위복이 될 수 있지 않을까하여 드리는 말씀입니다."

그 말을 듣자 에일리아의 얼굴이 한결 누그러들었다.

"그 말이 사실인가요?"

"물론입니다. 그렇지 않고서야 제가 왜 이 먼곳까지 발걸음을 하여 그것을 물어보겠습니까?"

"그도 그렇긴 하군요."

훈텐백작이 속으로 미소 지었다.

"그런데 룬남작을 비호하고 싶다면 혐의를 벗어주면 되는 거 아닌가요? 저는 룬남작이 정말 그런 일을 했다고 생각하지 않아요. 그러니 백작님의 물음은 제게 쓸대없는 것이죠."

에일리아는 더 이상 할 이야기가 없다는 듯 고개를 홱 돌려 버렸다.

"으음…."

더 말을 붙여볼까 생각하던 훈텐백작은 순순히 물러나 다음을 기약하기로 했다. 억지로 물고 늘어진다면 의심을 하여 더욱 입을 다물 가능성이 높았다.

"알겠습니다. 오늘은 이야기를 들으실 생각이 없으신 거 같으니 이만 물러가겠습니다. 혹여 마음이 바뀌시면 저를 찾아 오십시오. 허나 모든 것이 밝혀진 뒤에는 너무 늦을 것입니다. 그때 가서 후회하지 않도록 부디 잘 생각해 보십시오."

에일리아는 들은 채도 하지 않고 코웃음을 쳤다. 훈텐백작은 장내를 벗어났다. 막 귀퉁이를 돌아가 앞으로 나아가려는 데 누군가 그를 붙잡았다.

"아, 공주님을 뵈옵니다. 공주님이 계신 줄 미처 몰랐습니다. 알았다면 이런 무례를 범하지 않았을 겁니다. 용서해주시옵소서."

"이곳에서 저는 한낱 아카데미생일 뿐이니 괘념치 마세요."

그녀는 공주라는 신분을 밝힌 후 아카데미를 나가려고 했었다. 실제로 거의 모든 절차를 밟기도 했다. 하지만 딱 리오도르가 특기생으로 허락해 주면서 일년만 다니기로

한 상태였다.

“감사합니다. 그보다 무슨 일로 저를….”

“엿들으려고 한건 아니지만 에일리아와 하는 이야기를 들었어요.”

그렇게 말하며 그녀는 예의주시한 눈으로 훈텐백작을 보았다.

“백작님은 마치 룬남작이 저희 숙부님을 죽인 것이 확실한 것처럼 말을 하던데 아직 수사가 제대로 시작도 되지도 않았는 데 어찌 그리 확신 하시는 거죠?”

“음. 그건 기밀이라 자세히 말씀드릴 수는 없습니다만….”

그렇게 말끝을 흐리며 조심히 이자벨리아의 눈치를 살폈다. 룬을 걱정하는 기색이 역력해 보였다. 단순히 아카데미동기를 걱정하는 것 이상이었다.

‘그때 무언가를 본 것이 틀림없는 거 같구나. 그렇지 않고서야 룬남작의 실력으로 브리튼님을 죽일 수 있다고 생각할리 없을 테고 저렇게 걱정스런 얼굴도 하지 않았겠지.’

훈텐백작은 방금 에일리아의 반응을 떠올리며 그런 생각을 더욱 굳혔다.

“에일리아님은 당시 행방불명되었다 한참 후에 나타나셨는데 혹여 당시 상황을 보지 못하신 건 아닙니까?”

"갑자기 그건 왜 물으시는 거죠?"

"에일리아님 역시 룬남작을 걱정하는 기색이 역력했습니다. 하지만 제 말에 코웃음을 치셨죠. 그건 룬남작이 브리튼님을 죽이지 않았다는 강한 확신에서 비롯된 것일겁니다. 아무런 상황도 모르는 이때 어찌 그런 확신을 할 수 있었을까요? 그건 애초에 룬남작이 브리튼님을 죽일 실력자체가 없다고 판단했기 때문입니다. 하지만 공주님게서는 지금 다른 반응을 보이고 계십니다. 그건 당시 산맥에서 무언가를 보셨고 그래서 에일리아님과 다르게 그 가능성을 생각하고 계시기 때문이 아니십니까?"

정곡을 찔린 것인지 이자벨리아가 움찔거렸다.

"이제 보니 백작님께서는 룬남작을 비호하는 것이 아니라 증거를 찾기 위해 온 것이로군요. 정말 뻔뻔하군요. 그렇게 아무렇지 않은 얼굴로 감히 나와 에일리아에게 새빨간 거짓말을 늘어놓다니."

훈텐백작이 어깨를 으쓱했다.

이자벨리아는 방금 에일리아와 마찬가지로 더 이상 훈텐백작을 쳐다도 보지 않았다.

훈텐백작은 예를 갖추어 인사를 하였다. 그가 다시 향한곳은 방금 나왔던 감옥이었다. 손에는 접시가 들려져 있었는데 접시에는 노릇하게 구워진 닭구이가 놓여져 있었다.

훈텐백작은 그것을 가지고 셈에게 갔다. 그리고는 그의 앞에서 닭다리를 뜯어 먹기 시작했다.

"그곳에 있으면 개밥보다 못한 것만 먹을테니 이런 요리는 꿈도 꾸지 못하겠구나?"

하면서 훈텐백작은 연신 닭고기를 와작와작 먹어치웠다. 셈은 코끝으로 향긋한 달고기 냄새가 전해 지니 이보다 더한 곤욕이 없었다.

"흥. 장난 좀 쳤다고 유치하게 복수를 하러 오다니. 이 나라의 앞날도 뻔 하군요."

"내가 묻는 얘기에 사실대로 답해주면 줄 의향도 있는데 말이야?"

훈텐백작이 보란 듯 닭고기를 씹으며 말했따.

"흥."

셈이 코웃음을 쳤다. 하지만 그의 눈은 닭고기를 간절히 원하고 있었다.

"네 진짜 이름이 무엇이냐?"

"……."

대답이 없었다. 훈텐백작은 그에게 더 가까이 다가갔다. 훈텐백작이 가까이 오자 냄새가 더욱 짙어졌고 윤기가 자르르 흐르는 닭고기가 마치 황금처럼 보였다.

"셈, 셈입니다. 그게 제 진짜 이름입니다."

"그래도 마지막에는 진실을 말했구나."

훈텐백작이 닭고기를 쭈욱 찢어 셈에게 던져 주었다. 셈은 훈텐백작을 보며 잠시 눈치를 살피더니 이내 거지처럼 닭고기를 먹기 시작했다.

"어떠냐? 맛난 걸 먹으니 살고 싶다는 생각이 들지 않느냐?"

셈이 고개를 들어 훈텐백작을 보았다.

"내가 시키는 데로만 하면 이곳을 나가 인간답게 살 수 있을 거다."

닭고기를 입에 문 셈은 기계처럼 연신 고개를 위아래로 흔들었다.

철창으로 된 감옥은 햇빛이 들지 않아 제법 쌀쌀했다. 그래도 고약한 냄새나 구더기와 같은 혐오스런 것들이 들끓지는 않아 그럭저럭 지낼만했다.

조금 눅눅하고, 비린 맛이 나기는 하지만 음식도 평소 즐겨먹던 빵과 스프라 먹을 만했다.

이렇게 아무런 방해도 받지 않고 며칠간 있는 것도 썩 괜찮다는 생각마저 들었다.

하지만 앞으로 해야 할 일을 생각하면 이런 철장 안에서 허비할 시간은 없었다.

'누군가와 함께 한다는 것은 정말이지 어려운 일이군.'

그럼에도 경비병에게 순순히 이끌려 온 것은 토르기사단때문이었다. 본인 한 몸 빠져나가는 거야 어렵지 않지만 토르기사단 전체를 무사히 왕궁밖으로 빼낼 수는 없을 거란 생각이었다. 그래서 일단 순순히 잡혀 주는 것을 택했다.

룬은 벽에 기대에 싸늘하게 부는 바람을 느꼈다. 악취가 안 난다고 느꼈는데, 생각을 접고 멍하니 있으니 코끝 감각이 살아나 조금 역겨운 냄새가 나는 듯 했다.

룬은 현재 상황을 정리해 보았다.

'브리튼님이 죽은 건 아직 아무도 모르는 일이다. 훈텐백작은 지금 나를 눈에 가시처럼 여기고 있으니 간계를 부렸을 가능성도 커. 하지만 많고 많은 술수중에 왜 하필 브리튼님을 끌어 들인 것일까? 단순한 우연일까? 아니면 정말 뭘 알고 있는 걸까? 훈텐백작은 정치판에 잔뼈가 굵은 사람인 데 후폭풍을 생각한다면 아무런 증거도 없이 왕족시해를 들먹일리는 없을 텐데… 하지만 형님이나 왕자님의 입장에서는 내가 필요한 상태야. 아무런 증거도 없는데 훈텐백작의 이 무모한 추포령을 윤허할리 없을 거야… 그럼 정말 훈텐백작이 뭘 알고 있다는 건가?'

만약 그렇다면 어떤 경로로 훈텐백작에게 그 사실이

흘러 들어갔는 지 생각해 보았다. 당시 상황을 아는 사람은 당사자와 엘프들, 바르테오와 제자들이었다.

바르테오와 제자은 현재 같은 이해관계를 가지고 있으니 그럴 이유가 없었다. 인간 세상에 나오지조차 않는 엘프들이 그 사실을 밝혔을 리도 없었다.

'아니, 한 명 더 있다.'

직접 본 것은 아니지만 융커는 제국의 세작으로 룬이 브리튼을 죽인 것을 알고 있었다.

'융커님은 바르타인공작의 첩자다. 그리고 바르타인공작은 나를 원하고 있어. 훈텐백작에게 그 사실을 발설할 이유가 전혀 없어. 아니, 바르타인공작이 더 이상 나를 원하지 않을 가능성도 있을 수 있겠구나. 그래서 이참에 나를 제거 하려는 것일지도 모르지. 상황이 어떻게 돌아가는 지 알아봐야겠어.'

룬은 자리에서 일어났다. 주위는 마나블럭에 가로막혀 마나가 철저히 제한되었다. 차디찬 철장은 특수한 금속으로 만들어 어떠한 물리적인 충격으로도 깨부술 수 없었다.

하지만 그건 일반적인 경우에서였다. 룬은 마나홀에 자리잡은 마나를 온몸으로 회전시켰다. 나아가 가장 최근에 열었던 머리 상부부근까지 마나를 집중시켰다.

그러자 이제까지 보이지 않던 수많은 가닥들이 눈에

들어왔다. 마나의 흐름을 제어하고 있는 마나블록이었다. 룬은 가장 선이 약한 곳으로 가 그것을 끊어 버렸다. 누가 본다면 아무것도 없는 허공에 손을 허우적거리는 모습이라 웃음을 터트렸을 것이다.

룬은 다시 마나를 일으켜 손에 집중시켰다. 수은같은 액체가 손에 모여졌다. 그것을 철장을 잠그고 있는 자물쇠에 뿌렸다.

일 분 여정도 기다린 다음 액체를 꺼내니 반쯤 굳어 있었다. 룬이 마나를 일으켜 반쯤 굳은 액체에 주입하자, 딱딱한 돌처럼 단단해 졌다.

룬은 그것을 다시 자물쇠에 넣고 돌렸다.

찰칵. 자물쇠가 열리는 소리는 큰 크기와 대조되게 아주 작게 철장을 울렸다.

룬은 조심스럽게 철장 문을 열고 경비를 서고 있는 두 명을 향해 손을 뻗었다. 툭툭, 정확히 두 번 손이 움직이자 그 둘의 신형이 잠에 빠진 듯 스르르 무너졌다.

그들이 완전히 의식을 잃은 것을 확인한 룬은 그대로 감옥을 빠져 나왔다.

감옥을 빠져 나와 룬이 향한 곳은 융커의 연구실이었다. 융커는 갑자기 나타난 괴한에 크게 당황하여 괴성을 내질렀다.

그도 그럴 것이 이 연구실에는 온갖 결계가 걸려 있어 자신의 허락이 아니면 그 누구도 들어올 수 없는 곳이었다. 실제로 이곳에 자신이 모르는 누군가가 들어온 적은 단 한 번도 없었다.

"누구냐?"

"벌써 내 얼굴을 잊으셨습니까?"

물론 룬의 얼굴을 잊은 건 아니었다. 다만 아무리 생각해도 이곳에 있을 수 없는 사람이라 의아해하고 있는 것이다.

"어떻게 나온 거지?"

감옥에는 마나블록이 있고 특수한 재질로 된 철장이 있었다. 검사라면 오러를 일으킬 수 없을 것이고, 마법사라면 마법을 사용할 수 없었다. 그곳에 갇힌 사람이 자의로 나오기란 불가능한 것이었다.

"그보다 제게 아주 골치 아픈일이 생겨서 말이죠."

"골치 아픈 일?"

융커가 되내이고 있는 사이 룬의 신형이 순식간에 사라졌다. 그리고는 융커의 앞에 갑자기 나타나 멱살을 잡아 벽으로 끌고 갔다. 융커의 발이 둥둥 떠 허우적댔다.

"컥컥. 왜, 왜이러는거야?"

"그거야 융커님께서 더 잘 알고 계시지 않습니까? 시간이 없으니 빨리 끝내죠."

경비병이 교대하는 시간은 두시간 단위였다. 기존에 있던 경비병이 온지 한시간 정도가 지났으니 남은 시간은 한시간 밖에없었다.

철장은 열고 이곳에 오는 데 시간을 한데다, 다시 돌아가는 시간까지 계산한다면 실제로 쓸 수 있는 이곳에 있을 수 있는 시간은 그리 많지 않았다.

"이렇게 나오면 나도 어쩔 수 없다구…."

순간 허우적대던 융커의 발에서 한줄기 섬광이 뿜어져 나왔다.

내심 융커가 마법으로 반격할 거라 예상은 했지만 설마 발에서 마법이 시전될 줄 꿈에도 생각지 못했다. 룬은 세발자국 정도 뒤로 물러났다.

"지난번에 내가 그렇게 꼬리를 내렸다고 착각한 모양인데… 내가 전력을 다하면 네까짓 놈은 상대도 안 된다고. 게다가 이곳은 내 연구실이야. 이곳에서 나는 그 누구보다 강하다고. 왜 그러는지 모르겠지만 지금이라도 돌아가는 게 좋을 거야. 그럼 한 번은 눈감아 주도록 하지."

룬은 대답대신 융커를 향해 달려갔다. 워낙 빠르고 민첩한 움직임이라 융커는 채 반응을 할 수 가 없었다. 룬은 융커에게 다가가자 마자 마법을 캐스팅하지 못하도록 입을 틀어 막았다.

융커의 실력이 왕국 최고라고는 하지만 마법사인 이상 이런 육탄전의 경험은 거의 전무했다. 서로 마법대결을 하면 누구에게도 지지 않을 자신이 있지만 이런 무식한 방법이라면 얘기가 달랐다.

융커가 이리저리 발버둥쳤지만 웬만한 기사만큼 힘이 센 룬의 손을 뿌리치기는 무리였다.

이윽고 융커가 반항을 포기한 것인지 발버둥거림을 멈췄다.

처음에는 경계를 늦추지 않던 룬도 차츰 힘을 뺐다.

그런데 그때였다. 다시금 융커의 발에서 섬광이 뿜어져 나오는 게 아닌가?

하지만 이번에 룬은 피하지 않고 자신의 발로 융커의 발을 툭쳐 괘도를 빗나가게 했다. 룬은 아예 융커의 두 발까지 밟아 버렸다.

이제 더 이상 다른 수는 없겠지? 라고 생각한 순간 융커가 수석마법사라는 직책에 어울리지 않게 입으로 룬의 손가락을 꽉 물어 버렸다.

아주 잠시간 룬의 손이 융커의 입에서 때어졌다. 그 찰나의 순간 융커가 무어라 중얼 거렸다.

그러나 아무 일도 일어나지 않았다. 뭐야? 라고 룬이 생각한 순간 연구실 사방이 진동하기 시작했다. 그리고는 스파크 같은 것이 튀겼다.

"흐흐. 잘 가라고 친구."

그 말이 끝나기가 무섭게 스파크가 룬을 뒤덮었다. 스파크가 몸에 닿기 전 재빨리 융커를 밀치고 본인 역시 뒤로 물러났다.

스파크는 바닥을 때렸다. 무시무시하던 위용과 달리 바닥에는 아무런 상처도 나지 않았다.

융커는 훌훌 털며 자리에서 일어났다. 그리고는 룬을 향해 손을 뻗었다. 좌우 양방향에서 스파크가 날아들었다. 룬이 훌쩍 뛰자 스파크가 귀신같이 따라 붙었다.

팡. 스파크가 룬의 몸에 적중하자 굉음과 함께 뿌연 연기를 뿜어냈다. 바닥에 떨어진 룬은 끄응 앓는 소리를 내며 중심을 잡았다.

옷가지가 넝마가 되고 입에 핏기가 감돌기는 했지만 다행히 무사한 모습이었다.

"오, 놀라운 걸. 지난번에도 예사롭지 않다는 건 느꼈지만 이터널라이트닝을 두 방이나 정통으로 맞고도 무사하다니, 실로 대단한 맷집이군."

융커는 진심으로 놀라고 있었다. 이터널라이트닝은 6써클을 넘나드는 마법이었다. 소드마스터라도 이 마법 한 방이면 통구이 신세가 되고 말았다. 그런데 예상 외로 룬의 모습은 멀쩡했다.

"덕분에 메모라이즈 해놓은 마법들을 다 꺼내야 할

판이로군.”

융커가 이런 대마법은 주문도 없이 바로 시전할 수 있는 건, 이곳이 그의 연구실이며, 따라서 온갖 마법장치와 메모라이즈가 되어 있기 때문이었다.

아무리 융커라도 이런 마법을 이렇게 순식간에 사용할 수는 없었다.

6써클 정도의 마법을 메모라이즈하는 건 대단히 힘든 작업이라 하루에 하나를 저장하기도 힘들었다.

그런데 벌써 그런 마법을 몇 개나 사용했으니 며칠 동안 다시 그 고생을 해야 할 터였다.

“이쯤에서 그만 돌아가는 게 어때. 더 이상 반항하면 정말로 나도 장담을 할 수가 없다고.”

룬은 다시 대답대신 몸을 움직이려 했다.

몇 번 당해 본 터라 융커는 룬의 손짓 하나에도 움찔할 수밖에 없었다.

덕분에 반사적으로 이터널라이트닝을 룬에게 날렸다. 무려 세방이었다.

“아차.”

순식간에 벌어진 일이라 융커는 아차 싶었다. 어찌됐든 룬은 살아있어야 했다. 그런데 이미 이터널라이트닝을 두방이나 맞은 데다, 이번에는 세방이 동시에 나가다니. 아무리 룬이 맷집이 좋아도 버틸 수 없을 것이다.

룬은 모든 걸 체념이라도 한 것인지 움직임을 멈추었다. 파파팡. 다시 굉음과 함께 자욱한 먼지가 피어올랐다.

"이런…."

융커가 한 껏 곤란한 얼굴을 하고 있었다. 연기가 거의 걷히자 융커는 감히 그곳을 똑바로 볼 엄두가 나질 않았다. 하지만 피한다고 상황을 돌이킬 수 있는 건 아니었다.

마침내 연기가 걷히자 룬의 모습이 드러났다. 그런데 의외로 룬은 멀쩡했다. 설마, 너무 큰 충격에 화석이라도 되버린걸까?

하지만 그건 아닌 듯 했다. 룬은 그저 먼지를 뒤집어 쓴 듯 가볍게 먼지를 털고는 천천히 융커에게 다가갔다.

"……."

융커는 마치 귀신이라도 된 듯 룬을 보았다.

"정말이지, 가능한 말로 하고 싶었는데…."

룬이 돌연 하늘로 손을 뻗었다.

융커의 시선이 자연스레 그곳으로 향했다. 매직미사일로 추정되는 초록색 물체들이 춤을 추듯 날아다니고 있었다.

"마법…?"

융커가 되내이고 있는 사이 매직미사일이 천천히 그에게 다가갔다.

"흥. 이따위 저급한 마법으로는 내게…."

타격을 입히기는커녕 로브조차 뚫을 수 없어… 라고 말하려던 융커는 끝까지 말을 이을 수 없었다.

매지믹마시일이 몸에 닿자 융커는 둔기로 수차례 가격당한 듯 엄청난 충격을 받았다. 매직미사일이 가격한 부분의 로브는 이미 흔적도 없이 사라져 있었다.

워낙 기초적인 마법이기에 실드조차 생성해 놓지 않고 있는 상태였다. 매직미사일이라면 마법방어기능이 있는 로브정도로 충분히 막을 수 있으리라는 생각 때문이었다. 하지만 그 생각은 깨끗이 빗나갔다.

어느새 룬이 손짓하자 매직미사일들은 차례대로 융커에게 날아들기 시작했다.

융커는 자존심을 조금 굽히고 베리어를 시전했다. 매직미사일에 맞았던 충격이 워낙 컸던 탓에 실드보다 좀 더 고차원의 마법을 시전해 버린 것이다.

그런데 이게 웬 걸, 고작 일써클 저급한 마법이 오써클에 해당하는 베리어를 종이장처럼 찢어 버리더니 그대로 돌진하는 게 아닌가?

"으아악."

융커가 비명을 지르며 눈을 질끈 감았다. 하지만 뒤따라야 할 고통은 느껴지지 않았다. 설마 너무 큰 충격에, 아예 감각자체가 사라져 버린 것일까, 그도 아니면 이대로 죽어 고통을 느끼지 못하는 것일까?

그렇게 생각하며 천천히 눈을 뜨자 룬이 코앞까지 당도해 있었다. 그리고 매직미사일은 그의 주변을 둥둥 떠다니고 있었다.

융커는 천천히 다가오는 룬의 손을 멍하니 바라 볼 수밖에 없었다. 그리고 그 결과 몸이 뻣뻣해 지더니 이내 석상처럼 그대로 굳어 버렸다.

"후우… 정말이지 귀찮게 하시는군요."

"어떻게…."

융커는 살았다는 안도보다 대체 이게 어떻게 된 일인가 놀라느라 정신이 없었다.

6써클의 이터널라이트닝을 세 방이나 정통으로 맞고도 어떻게 무사할 수 있으며, 일써클의 저급한 마법으로 어떻게 5써클의 베리어를 찢을 수 있단 말인가.

"서, 설마. 중첩캐스팅?"

중첩캐스팅에 대해서는 융커도 들어본 적이 있었다. 7써클에 오른 대마법사들은 저써클 마법들을 중첩시켜 원래 위력에 곱절에 곱절의 힘을 낼 수 있다는 것이었다.

융커 역시 천생 마법사라 그 이야기에 대단한 흥미를 가졌다. 하지만 7써클 마법사가 흔한 것도 아니고 그렇다고 본인이 도달할 수도 없으니 확인할 방법은 없었다.

"호. 중첩캐스팅을 알다니, 그래도 왕실수석마법사는 수석마법사로군요."

룬이 그렇게 말하자 융커의 눈은 더 없이 커졌다. 그리고는 상황에 맞지 않게 동경의 눈빛이 되어 룬을 바라보았다.

“그렇다면 당신이 세상에 몇 명 존재 하지 않는다는 7써클 대마법사?”

대답이 없자 융커는 룬이 정말로 7써클일 것이라 확신해 버렸다. 융커의 눈이 더더욱 동경의 빛으로 가득 찼다. 웃는 얼굴에 침뭇 뱉는다고 저런 눈으로 자신을 바라보니 룬은 잠시 갈등이 일었다.

하지만 룬은 갈등을 접고 융커에게 본브레이크를 시전했다. 마법사는 보통 머리가 좋다. 그래서 여유로운 상태에서는 어떤 잔머리를 굴릴지 모를 일이었다.

으아악

융커는 난생처음 격어 보는 고통에 정신이 쏙 빠졌다. 경험한 적은 없지만, 산 채로 뼈가 갈린다면 이런 느낌일 것이었다. 더 미치겠는 건 이 끔찍한 고통 속에서도 정신이 혼미해지지 않는다는 것이다.

“대, 대체 왜 이러십니까.”

얼마나 시간이 지났을까? 고통이 잠시 멈췄다. 융커가 느끼기에 수 시간은 지난 듯 했으나 사실 1분도 채 지나지 않은 시간이었다.

“제 말에 대답을 하지 않으면 이보다 더 한 고통이 뒤

따를 겁니다."

"뭐, 뭐든지 말하겠습니다."

룬은 지금까지 상황을 융커에게 설명했다. 융커는 바로 대답하지 않고 눈알을 굴렸다. 그러자 그 찰나의 순간 다시 뼈가 으스러지는 고통이 찾아왔다. 이전보다 더욱 심한 고통이었다. 고통은 이분동안이나 지속되었다. 융커에게는 아주 느리며 지옥같은 시간이었다.

"예. 예. 제가, 제가 그랬습니다."

융커의 입이 덜덜 떨려왔다. 두려움과 고통이 만들어낸 자연스런 떨림이었다.

이후에는 일사천리였다. 두려움에 빠진 융커는 룬이 하는 질문에 준비라도 한 듯 술술 대답을 해나갔다. 끔찍한 고통과 두려움에 빠져 있는 터라 두서가 없기는 했지만 알아듣지 못할 정도는 아니었다.

"브리튼님의 시체를 빼내와 훈텐백작에게 건넨 것이 융커님이라는 것이로군요."

"예. 훈텐백작님께서는 법무부장이니 없는 증거라도 만들 수 있을 거라 생각했습니다. 일단 형이 확정되면 항구와 왕궁을 연결하는 텔레포트게이트를 타고 빼내려 했습니다."

"그럼 저는 돌아갈 곳이 없어지게 되고 오히려 바르타인공작에게 은혜를 입는 꼴이 되겠군요."

룬은 어찌하여 바르타인공작이 그토록 쉽게 자신의 요구를 받아 들였는지 이해가 되었다.

'겉으로는 아닌 척 하면서 뒤에서는 다른 일을 꾸미고 있다니… 과연 내 생각대로 극악무도하고 파렴치한 자로구나.'

"그건 그렇고 저를 사지에 빠뜨리는 것 까지는 이해하겠는데 왕자님까지 들 쑤셔 왕궁을 발칵 뒤집으려는 이유는 뭡니까? 그저 단순한 불란을 조장하기 위함입니까? 제국의 입장에서 별로 그럴 유인을 없을 것 같은데요?"

"그건 저도 모릅니다. 저는 그냥 시키는데로 했을 뿐입니다. 정말입니다."

융커는 다시 한 번 그 극심한 고통을 느낄까 두려워 허겁지겁 대답을 했다.

"융커님같은 분이 대체 뭐가 아쉬워 제국의 개 노릇이나 하고 있는 겁니까? 더군다나 개국공신의 집안이 아닙니까."

"그건…."

융커는 갑자기 울상이 되었다. 그러더니 이내 눈물을 왈칵 쏟아내며 말을 하기 시작했다. 융커는 현재 어떤 상황인지도 잊은 채 그간의 서러움이 폭발한 듯 열변을 토해내기 시작했다.

얘기를 들으니 이유인 즉 성충이란 것에 감염되었다는

것이다. 그래서 바르타인공작이 주는 약을 먹지 않으면 죽음을 면할 수 없기에 어쩔 수 없이 그의 말에 따랐다는 것이다.

"쯧쯧. 저 같으면 그렇게 비굴하게 사느니 차라리 죽었을 겁니다."

"당사자가 아니니 그리 쉽게 말하는 겁니다. 죽으려 옥상에 올린 사람도 누가 밀치면 엄마 나죽네 하면서 기겁을 하는 게 사람입니다."

이미 죽음을 경험해본 룬은 고개를 끄덕였다. 실제로 아틀란드의 검이 뱃속에 들어왔을 때 살고 싶다는 생각이 강하게 들었다. 그 열망이 얼마나 대단했던지 이렇게 다른 사람의 몸을 빌리는 처지까지 되지 않았나.

"차라리 잘 됐습니다. 이렇게 사는 것도 지긋지긋하니 이 자리에서 차라리 죽여 버리십시오."

"그럴 수는 없죠."

만약 룬이 바르타인공작의 계략을 간파했음에도 그에게 간다면 의심을 살 것이었다. 아무런 의심 없이 그에게 가기 위해서는 계략을 간파했다는 사실이 밝혀지면 안 됐다.

"어차피 일이 틀어진 이상 저는 죽은 목숨과 다름 없습니다. 성충에 의해 고통스럽게 죽느니 이 자리에서 단칼에 죽는 게 낫습니다. 그래도 7써클 대마법사에게 죽다니 나름대로 위안은 되는군요."

"하."

룬이 고개를 설레설레 저었다.

룬은 돌연 융커의 배에 손을 가져다 댔다. 융커의 뱃속에 뜨뜻한 무언가가 느껴졌다. 룬은 융커에게 손을 때지 않은 채 천천히 손을 위로 올렸다.

융커는 룬의 손길에 따라 음식물이 역류하듯 거북한 것이 위로 올라온다고 느껴졌다.

마침내 룬의 손이 머리까지 올라오자 융커의 입에서 검은 지네와 같은 것이 튀어 나왔다.

"헙."

그것을 본 융커가 헛바람을 삼켰다. 그것은 다름 아닌 성충이었다.

"대, 대체 어떻게…."

"성충이란 것은 마법으로 만든 생물입니다. 그러니 더 강한 마법사의 말을 따르는 건 당연합니다."

그렇게 말을 한 룬은 다시 성충을 융커의 입에 집어 넣었다. 융커는 성충을 받아들이지 않기 위해 안간힘을 썼지만 혈을 집혀 움직일 수도 없는 상태라 소용없는 짓이었다.

"이제 융커님의 목숨은 제게 달렸습니다."

"……."

융커는 지금 상황을 받아들이지 못하고 잠시 멍한 얼

굴을 하였다.

사실 룬이 꺼낸 건 성충이 아니었다. 그건 그저 룬이 만들어낸 환상마법일 뿐이었다. 아무리 룬이 근래에 많은 발전을 했다고 하더라도 성충이란 기상천외한 물질을 조종할 수는 없었다.

융커 역시 성충에 감염 되었지만 일방적으로 당하는 입장이라 룬이 성충을 조종할 수 있는 것인지 아닌지 알 수 없었다.

그저 이제 바르타인공작이 아닌 새로운 사람의 손에 자신의 목숨 줄이 넘어간 것으로 생각할 수밖에 없었다.

"제 말에만 잘 따른다면 이 성충이란 것에서부터 벗어날 수 있도록 해드리겠습니다. 제 말에 따르시겠습니까?"

융커는 고개를 끄덕이려 하였다. 실제로 세차게 고개를 끄덕이고 있다고 생각했다. 하지만 곧 몸이 움직이지 않는 다는 사실을 깨닫고는 룬이 마음을 바꿀새라 냉큼 말했다.

"물론입니다. 물론이고말고요."

"좋습니다. 그럼 일단 훈텐백작이 얼마나 증거를 확보했는지 이야기 해주세요."

"마지막으로 만났을 때까지만 해도 뚜렷한 증거를 찾지는 못했습니다. 하지만 훈텐백작은 법무부의 장이니 없는 증거라도 만들 수 있을 겁니다."

"그럼 훈텐백작이 어떤 술수를 부릴지 계속 관찰 해주세요. 그건 다음에 올 때 듣도록 하죠. 그리고 브리튼의 시신을 찾았을 때 달리 본건 없습니까?"

"예. 시신을 무덤에서 꺼낸 즉시 인기척 소리가 들리기에 부리나케 도망 나왔습니다. 풍기는 기운이 예사롭지가 않아 감히 관찰할 생각은 못했었죠. 하도 기이하여 다시 찾았지만 어째서인지 다시 들어갈 수 없었습니다. 그런데 혹여 그곳에 살던 사람들이… 아니 그곳에 있는 자들이 인간이 아닌, 그러니까 엘프는 아닌지…."

"아무것도 모른다니 됐습니다. 운이 좋으시군요. 비명횡사 당하고 싶지 않다면 다시는 그곳을 찾지 마시고 알려고도 하지 마세요."

"예… 저 그런데… 그토록 어마어마한 실력을 가지고 계시면서도 왜 숨기고 계셨습니까? 그 정도 실력이라면 어디를 가서라도 요석을 차지할 수 있을 텐데요. 게다가 특수감옥을 자유자재로 나올 정도니 애초에 마음만 먹었다면 잡혀들어갈 일로 없었을 거 같은데…."

"쓸데없는 질문을 더 하시걸랑 본브레이크를 한 번 더 맛본 뒤에 하시죠."

룬이 융커의 등 뒤에 손을 가져다 댔다.

"으악."

융커가 지레 겁을 먹고 비명을 질렀다. 하지만 고통이

뒤따르지는 않았다.

“시간이 없군요, 일단 오늘 아무 일도 없었던 것처럼 예정대로 일을 진행해 주세요.”

“그게 무슨 말씀이십까?”

“말 그대로입니다. 융커님은 오늘 저를 못 본겁니다. 훈텐백작은 물론 바르타인공작에게 역시 아무것도 모르는 것마냥 행동하시면 된다는 소립니다.”

융커는 룬의 의도가 무엇인지 선뜻 이해가 되지 않았지만 알겠다고 대답했다.

그 말을 끝으로 룬은 연구실을 빠져 나왔다.

NEO FUSION FANTASY STORY & ADVANTURE

제 4 장

데이미안의 의중

제 4 장

데이미안의 의중

룬이 감옥에 돌아 왔을 때까지 경비병들은 코를 골고 잠에 빠져 있었다. 룬은 그들을 지나쳐 철창안으로 들어갔다. 그리고는 마법으로 만들어 놓은 열쇠로 철창문을 잠갔다.

룬은 경비병들 향해 윈드핑거를 날렸다. 윈드핑거는 경비병들의 뒷목을 정확히 가격했다. 직접 손이 아닌 멀리서 마나를 이용해 마나의 길을 제어하는 건 굉장히 상승수법에 속했지만 룬은 그것을 자유자재로 사용할 수 있었다.

"이보시오, 경비병양반. 내 배가 고파 그런데 빵과 스프를 좀 더 주시오."

룬이 말하자 경비병들이 낮잠을 자다 들킨 사람처럼 흠칫 놀라더니 말을 받았다.

"식사는 정해진 것 외에는 줄 수 없는 게 규정입니다. 그것보다 옷은 왜 그렇게 된 겁니까?"

"감옥에 있다 보니 정신이 사나워져 이리 뜯고 저리 뜯다 보니 이렇게 됐습니다."

그 말에 경비병이 쯧쯧 혀를 찼다.

"식사는 규정상 안 되고 죄수복은 새것으로 가져다 드리겠습니다."

"그러지 말고 좀 봐주쇼. 당신네들도 규정을 어기고 조느라 내 꼴이 이렇게 될 때까지 모르고 있지 않았습니까."

그 말에 경비병이 흠칫했다.

"험험. 빵과 스프는 그렇고 이거라도 드십시오. 대신, 저희가 졸았다는 건 절대 비밀입니다."

경비병이 품에서 뒤적뒤적 거리더니 육포 몇 개를 꺼내 룬에게 건넸다. 대충 아무렇게나 쑤셔 넣고 다녔던 모양인지 육포에서 비릿한 냄새가 났다.

"어허. 말린 거라도 고기라면 더 좋지."

룬이 철창 넘어 손을 내밀어 육포를 받아 들었다. 육포가 손에 들리니 특유의 비릿한 냄새가 더욱 진동했다. 룬은 그것을 먹지 않고 구석 어딘가에 던져버렸다.

잠시 후 경비병이 새 옷을 가지고 왔다. 룬은 새 죄수복으로 갈아입었다.

"이 헌옷은 제가 가지고 있겠습니다. 또 히스테리를 부릴지 모르니까요."

그러든가 말든가, 경비병이 별 대수롭지 않게 고개를 끄덕였다.

그 사이 어느새 다음 경비병이 들어왔다. 기존에 있던 경비병들은 형식상 인수인계를 한 뒤 복귀했다. 자신들이 잠든 사이 룬이 융커를 만나고 왔다는 사실은 꿈에도 알지 못한 채 이제 쉴 수 있다는 마음에 한껏 들 떠 있었다.

인수인계를 받은 새 경비병들은 룬을 힐끗거리며 살펴보고는 곧 원래 있던 위치로 돌아갔다.

"자네 그 이야기 들었나?"

얼마 정도 시간이 흐르자 지루한 지 경비병 한 명이 입을 열기 시작했다.

"무슨 이야기?"

"글쎄 제국에서 트린베니아를 침략한다는구만."

"그게 무슨 뚱딴지같은 소린가. 트린베니아가 어떤 나란가. 세 살 박이 어린아이도 투핸드소드를 휘두른다는 전사의 나라 아닌가. 아무리 제국이 강하다 하더라도 무슨 수로 트린베니아를 침략하겠어."

"뭘 모르는 소리. 아무리 트린베니아사람들이 전투에 타고난 사람들이라 해도 물량앞에서는 장사가 없는 법이야. 게다가 그들은 야만족이라 한명 한명 싸움은 타고난 전사일지 몰라도 전쟁처럼 수천, 수만이 접전을 벌이는 데는 능하지 못해."

"설령 제국에서 트린베니아를 점령한다친들. 그게 뭐 큰일이라고 이리 호들갑인가."

"답답하기는. 어제 펍 테이블 위에 있던 술이 트린베니아에서 수입한 맥주가 아니라, 텁텁한 왕국의 맥주였다면 어떨 거 같나?"

"술맛 떨어지게 웬 재수 없는 소리야. 그런 끔찍한 소리라면 하들 말게."

"그러니까 이 친구야 트린베니아가 침략당하면 더 이상 그 술을 먹을 수 없다 이 말일세."

"그래? 그렇다면 그거 정말 큰일이로군."

여태껏 대수롭지 않게 말을 받아오던 경비병이 돌연 심각한 얼굴이 되었다.

트린베니아와 르니에르왕국은 지속적으로 교역을 해왔다. 르니에르왕국은 무기를 팔고 트린베니아의 질 좋은 곡식이나, 술, 동물들의 가죽 같은 것을 수입해왔다. 땅이 좁고 자원이 별로 없는 르니에르왕국이 자원에 부족함없이 살 수 있었던 건 트린베니아의 존재가 절대적이었다.

하지만 이들이 그런 것을 알리 없었고 중요한 일도 아니었다. 그저 그들에게는 더 이상 트린벤이아의 질 좋은 술을 먹을 수 없다는 사실이 두려울 뿐이었다.

"이보시오, 경비병 양반. 지금 그게 무슨 말입니까?"

두 사람의 이야기를 듣던 룬이 철창 앞까지 몸을 들이밀며 말했다.

"왜, 남작님도 트린베니아 술을 마시지 못할까봐 두려운 것이오? 보통 귀족들은 고급술을 마시기 때문에 별 상관 없는 거 아닙니까? 게다가 지금 그런 걸 걱정할 처지는 아닌거 같은데…."

"내 걱정이라면 됐고, 그게 정말 사실인지나 말해주세요."

"험험. 서쪽 항구지방에서 교역을 하는 친구에게 직접 들은 거니 확실할거요. 내 참… 목숨이 경각에 달렸는데도 그깟 술걱정이라니…."

경비병이 혀를 쯧쯧 찼다.

룬은 다시 원래 자리로 돌아갔다. 뒤죽박죽으로 흩어져 있던 퍼즐의 조각이 조금은 맞춰지는 듯 했다.

'트린베니아가 점령당하면 그 다음은 르니에르왕국이다. 그 때에 맞춰 왕궁을 발칵 뒤집어 놓으려는 심산이구나.'

거기까지 생각이 미친 룬은 이 상황을 대처해야 할지

생각했다. 그러다 문득 처량한 생각이 들었다. 이전에는 이런 일이 생기든 말든 그냥 멋대로 살았다. 그만큼 힘이 있었고 거칠것이 없었다.

지금은 이전보다도 더 강한 힘을 얻었다. 그런데 고작 직접 보지도 못한 자의 계략에 빠져 감옥에 앉아 이런 생각이나 하고 있다니…

'남들과 더불어 산다는 것이 이렇게 힘든 것이었구나….'

아닌 척 하지만 룬도 이미 그 세상에 들어왔다. 기사단 등록을 위해 이전이라면 절대 하지 않았을 검무를 짰다. 그리고 그냥 도망쳐 버린 뒤 다른 어느 곳에나 자리를 잡고 살면 그만인 이 상황에서도 무죄를 입증하기 위해 고뇌하고 있었다.

형식적인 것을 경멸하고, 절대 그렇게 살지 않겠노라 다짐했지만 이미 다짐과 반대되는 삶을 살아오고 있었다. 남들은 이미 오래전부터 느끼고 있던 현실의 높이를 룬은 이제야 느끼고 있는 것이다.

'가만. 트린베니아가 침공당하고 있다면 바르테오님은 어떻게 되는 거지?'

그와 만나기로 한 날이 코앞이었다. 갑자기 걱정이 되었다. 그를 비롯해 네명의 제자, 명왕의 실력은 전투민족인 트린베니아내에서도 군계일학이었다.

하지만 전쟁은 다수와 다수가 붙는 싸움이었다. 특별이 뛰어난 개개인이 전력차를 극복할 수는 있지만 제국 쪽에서도 그런 인재가 있을 터였다.

'세상을 바꾸겠다 말하던 분이다. 제국의 침략에 쉽게 침공당할 정도였다면 그런 이야기는 하지 않았겠지.'

룬은 걱정을 접었다. 그러면서 하루빨리 그에게 불의 힘을 빌려줘야겠다는 생각을 하였다.

'어쩌면 제국군에 그 자도 포함이 되어 있을 수 있겠구나.'

룬은 제국 어느 시골지방을 걷고 있었고 당시 첸젠이라는 자는 무슨 이유인지 모르지만 술에 떡이 되어 고성방가를 지르고 있었다.

그 소리가 하도 시끄러워 그에게가 한 마디 하자 첸젠이 다짜고짜 달려들었다. 그래서 의도치 않게 싸움이 시작되었다. 워낙 술에 취한 상태이기도 하고 그다지 강해 보이지도 않았기에 룬은 가볍게 혼쭐을 내줄 생각이었다. 당시 룬은 사부와 헤어지고 이미 7써클에 오른 상태였기 때문에 질거라는 생각은 아예 하지도 않고 있었다.

하지만 싸움이 시작되자 룬의 생각을 달리해야 했다. 첸젠의 움직임은 술에 취한 것이라고는 생각지 못할 만큼 민첩했으며 위력적이었다. 결과는 룬의 참패였다. 그와 몇합을 겨룬 룬은 상대도 되지 않는 다는 것을 깨달은 후에 도망치듯 그 자리를 빠져 나갔다.

"내 이름은 첸젠. 첸젠이라고. 내가 바로 첸젠이라고. 아무도 나를 막지 못해."

룬이 도망가자 그는 그렇게 소리쳤다. 도망가면서 자세히 보니 그는 술에 취한 것이 아니라 반쯤 미친 상태였다. 그 후로 그의 이름을 잊고 살았지만 그자가 떠올랐다. 만약 그가 정신을 차렸다면 전장에 합류 될 가능성이 높았다. 그만한 실력자를 제국에서 가만히 둘리 없을 테니 말이다.

'후우, 일단 어떻게 이 상황을 타개해야 할지나 고민하자.'

제일 좋은 그림은 바르타인공작의 간계에 빠진 척 하는 것이다. 그래서 왕국을 버리고 그에게 간다면 아무런 의심도 받지 않고 자연스럽게 접근 할 수 있다.

하지만 그러기 위해서는 왕족시해라는 죄를 뒤집어 써야 했다. 현재 왕국의 국법으로 왕족시해는 그 당사자뿐만 아니라 가문까지 멸문에 처해졌다.

'기껏 가문을 지키기 위해 이 고생을 하고 있는 데 그럴 수야 없지. 최대한 빠르게 자력으로 무죄를 증명해보도록 하자. 그럼 완전하지는 않지만 바르타인공작의 의심을 피해 접근할 수 있을 거야. 어차피 증거를 찾을 수 없을 테니 무죄를 입증하는 건 어렵지 않을 거야.'

룬은 과연 훈텐백작이 어떤 억지로 자신을 옭아맬지 생각해 보았다. 하지만 그 방법이란 무궁무진하여 딱히 유추할 수가 없었다. 다행히 융커를 회유해 두었으니 훈텐백작이 무슨 수를 부리는 사전에 알 수 있을 터였다.

'그 보다 형님에게 바르타인공작의 계략을 알려주어야 하는데… 재판이 끝난 뒤는 이미 늦을 거야. 위험하더라도 다시 한 번 나가 말을 해줘야 할 것 같구나. 그리고 이 참에 바르타인공작을 만나기 위해 제국으로 건너가야 한다는 사실도 말하는 편이 낫겠어. 생각해 보니 이 일은 애초에 형님에게 말했어야 했어. 내가 바르타인공작을 죽인다면 분명 국제적 문제로 번질텐데 그럼 내 생각대로 설령 조용히 빠져 나온다 하더라도 나와 가문에게 책임을 물을 수 있는 일이야. 젠장, 내가 왜 진작 그 생각을 못했을까.'

거기까지 생각한 룬은 방금과 같은 방법으로 다시 한 번 감옥을 나왔다. 기껏 수감시켜 놓은 죄수가 제집처럼 옥을 나왔다 들어갔다 하니 누군가 이 사실을 알게 된다면 기가찰 노릇일 것이다.

룬은 같은 방법으로 경비병을 잠재우고 감옥에서 몰래 빠져나와 토레논의 집무실로 향했다. 해는 이미 오래전

지고 중천에는 달이 대신한지 한참이 지났다.

토레논의 집무실은 데이미안과 달리 경비가 그리 삼엄하지 않았다. 이는 거추장스러운 걸 싫어하는 이유도 있지만 제 한 몸 정도는 지킬 수 있다는 은근한 자신감에서 비롯된 것이다.

"룬님이 역모라니요. 이건 말도 안 돼요. 분명 오해가 있는 거예요. 생각해 보세요. 어떻게 룬님이 브리튼님을 죽일 수가 있겠어요. 이건 훈텐백작의 간계라고요."

에일리아가 역성을 냈다. 처음 훈텐백작이 찾아와 괴상한 소리를 해댈때만하더라도 코웃음을 쳤었다. 하지만 시간이 지날수록 생각을 달리 해야만 했다.

"나도 룬이 브리튼님을 죽였을 거라고는 생각지 않는다. 하지만 모두고 보는 앞에서 역모죄로 끌려간 이상 명명백백하게 무죄가 입증 되지 않는 이상 쉽게 풀려날 수는 없는 일이야."

"역모죄로 붙잡혀 멀쩡히 나온 사람은 본적이 없어요. 온갖 고문은 물론 말도 안 되는 이유를 갖다 붙여 반드시 죄를 뒤집어 씌우고 말죠. 그러니 이대로 두면 룬님은 분명 훈텐백작의 뜻대로 되고 말거라고요."

에일리아의 말이 아주 틀린 말은 아닌지라 토레논은 무작정 내칠 수만은 없었다.

"너무 걱정 말거라. 그가 비록 법무부의 장으로 많은

권리를 행사할 수 있지만 최종 권한은 왕자님에게 있다. 더욱이 모든 조사 과정을 보고 받도록 하여 중간에서 간계를 부리지 못하도록 하게 할 것이야."

그렇게까지 말하니 에일리아도 더 이상 몰아부칠수만은 없었다.

그녀는 어렸을적부터 공작의 딸로 왕궁의 법도를 배워왔다. 남들이 보기에 부질없고 쓸데 없어 보이는 절차들이 몸에 배어 있었다. 그래서 그녀는 지금 자신이 떼를 쓰고 있다는 것을 잘 알았다.

"그 자가 그리도 좋더냐?"

에일리아는 얼굴을 붉힌 채 아무런 대답도 하지 못했다.

"하지만 그는 아니다. 그리고 그는 내가 가진 권력으로도 움직일 수 없는 자야. 또한 좋은 친구와 좋은 남자는 다른 것이야. 그는 좋은 친구일 지언즉 좋은 남자는 아니야. 그러니 마음을 접어라. 이는 비단 데이미안왕자와 혼사가 이뤄지기 위해 하는 말이 아니야."

"그를 험담하여 제 마음을 뒤집어 놓으시려거든 그만하세요."

그렇게 대답하는 에일리아의 얼굴에는 서글픔이 가득했다. 토레논의 말은 틀린 것이 없었다. 친구로 지낼 때론은 더 없이 유쾌하고 좋은 사람이었지만 여자로 다가가

자 같은 사람인지 의심이 들 정도로 목석같은 사람이었다. 여자가 먼저 키스를 했는데 심장이 뛰지 않는다 대놓고 무안을 주고 그 뒤로는 찾아오지도 않는 무심한 사람이었다.

그런 자와 남녀로써 발전한다 하더라도 행복할지 의문이었다. 그럼에도 그녀는 룬에 대한 마음의 끈을 놓을 수가 없었다.

마음에서 그를 끊어 놓으려고 온갖 노력을 해도 소용없는 일이었다. 아무리 해도 마음대로 되지 않는 게 사람 마음이라는 것을 에일리아는 처음으로 알았다. 본인의 상식으로는 도저히 생각 할 수 없는 다른 사람들의 행동들도, 다 이유가 있겠지하는 너그러워짐까지 생길 정도였다.

둘이 대화를 하고 있는 사이 갑자기 집무실의 문이 열리며 초대되지 않은 손님이 찾아왔다.

토레논은 본능적으로 왼쪽품에 놓여 있는 검으로 손이 향했다. 그러나 낯선 손님의 얼굴을 확인하자 기운이 빠져 검에서 손을 내려놓았다.

그 손님은 토레논도 익히 알고 있는 얼굴이었다. 다만, 절대 이곳에 있을 없는 사람이라 놀랄 뿐이었다. 그래서 어떻게 집무실을 지키고 있는 경비병을 뚫고 무음입성할 수 있었는지에 대해서는 생각이 미치지 못했다.

"손님이 있는지 몰랐군요."

마치 약속이라도 한 것처럼 여유로운 말이었다. 그러다 미리 와 있는 손님의 얼굴을 보고는 조금 당황스런 얼굴이 되었다. 그녀 역시 룬을 보고는 화들짝 놀라 어찌할 바를 모르고 있었다.

자신이 한 이야기를 들은 건 아닐까, 늦은 밤 왜 이곳에 온걸까, 아니 그보다 대체 역모죄로 감옥에 있는 사람이 어찌 이곳에 있을 수 있는 걸까. 온갖 생각이 에일리아의 머리를 스쳐갔다.

"일단 앉지."

토레논만이 침착함을 유지 한 채 룬에게 자리를 권했다. 룬은 어정쩡하게 있다가 결국 토레논의 말에 따랐다. 에일리아와 마주 앉게 되자 무거운 공기가 감돌았다. 이를 눈치 챈 토레논이 에일리아에게 가라는 말을 하였다.

"싫어요."

에일리아가 완강하게 거부했다. 하지만 곧 토레논의 말에 따라야 했다. 이곳에 더 이상 버티고 앉아 있을 명분이 없음을 인정한 것이다. 그리고 그 사실이 그녀를 더욱 서글프게 했다. 그녀는 룬을 위해 토레논에게 열변을 토해내고 있는 데, 정작 그 당사자가 오자 이렇게 물러 날 수밖에 없는 입장이었다.

만약 룬이 그녀의 마음을 받아 들여, 그래서 지금보다 더 친밀한 관계였다면 그 명분이란 충분하고도 남을 터였다.

에일리아는 나가는 와중에도 끝가지 룬을 바라보았다. 룬은 그 시선을 느꼈음에도 애써 모른 척 했다.

에일리아가 나가자 룬과 토레논은 조금 어색한 얼굴이 되었다. 에일리아의 존재가 없을 때 둘은 유쾌한 친구이지만, 그녀가 개입하게 되면 이렇듯 불편한 사이가 되고 마는 것이다.

"이렇게 찾아올 줄은 생각도 못했군."

토레논의 말에는 어딘지 가시가 돋쳐 있었다. 겨울철 한기가 느껴지듯 싸늘했기에 룬은 순간적으로 불안함 마음이 들었다. 단순히 법도를 어기고 감옥을 탈출한 것에 대한 책망은 아니리라.

토레논은 이 순간만큼 룬이 다른 누구보다 미웠다. 하나뿐인 여식의 눈에 눈물을 맺히게 하는 극악무도한 놈이 지금 눈앞에 있었다.

에일리아가 룬을 일방적으로 좋아한다는 것은 익히 알고 있었다. 하지만 그녀와 눈조차 마주치지 않는 룬을 보니 화가 치밀어 올랐다. 당장 룬의 머리 한 대를 쥐어 밖은 다음 에일리아의 앞에 무릎꿇려 싹싹 빌게 만들고 싶은 마음이 굴뚝같았다.

하지만 토레논은 그렇게 감정적인 사람이 아니었다.

"위험을 무릅쓰고 내게 왔다면 필시 그만한 이유가 있을 터. 하지만 그 전에 내가 먼저 얘기 하도록 하지."

토레논은 복잡한 감정을 뒤로하고 소파에 앉았다. 현재 룬이 처한 상황을 전혀 모르는 듯 아주 느긋한 동작이었다.

"왕자님에게 왕실수석마법사가 제국의 세작이었다는 이야기는 들어 알고 있어. 그리고 브리튼님의 시체를 가지고 온 것은 바로 그 융커지. 이 일을 공론화 하면 훈텐 백작은 더 이상 설 자리가 없게 돼. 아니, 제국의 세작과 내통한 죄를 엄중히 물을 수도 있지. 어쩌면 그자가 제국의 또 다른 세작일지도 모를 일이고."

"그렇게 되면 저는 자연스럽게 무죄를 받을 수 있겠군요."

"그래. 자 그러니 이제 한 번 말해봐. 융커가 세작이란 것을 밝힌 건 너였어. 그럼 네 잘난 머리로 이 정도 상황은 이미 그려 넣었을 것이고… 그럼에도 날 찾아 온건 다른 이유가 있기 때문이겠지."

"하하."

룬이 대답대신 돌연 웃음을 터트렸다.

"맞는 말이기는 하나, 아무래도 제가 형님이라면 그러고 싶지 않을 것 같아서 말이죠."

"왜 그렇게 생각하지? 훈텐백작은 내게 눈에 가시같은 존재야. 더불어 제국의 세작을 척결하는 것은 나의 오랜 숙원이기도 했어."

"눈에 가시같은 존재이기는 하나 아직 찔릴 만큼 위협적인 정도는 아니며, 얼마나 더 있을지 모를 세작 한 명을 척결하는 것보다는 차라리 그를 감시하는 편이 더 낫겠지요."

"그래서 설마 그런 이유 때문에 내가 너를 모른 채라도 할 거라 생각한 건가? 위급한 순간이 돼봐야 그 사람의 마음을 알 수 있다더니… 나를 고작 그 정도로 생각하고 있었군. 그래서 에일리아를 거부한 것이고."

룬은 이야기의 방향이 왜 갑자기 그쪽으로 흐르는지 이해할 수 없었다.

현재 에일리아와 몹시 걸끄러운 사이가 되었고, 토레논은 그의 아버지라는 건 잘 알고 있었다. 하지만 그런 관계 이전에 토레논은 오랜 친구였으며 한 나라의 공작이었다.

"설마요… 그런게 아니란 걸 아시지 않습니까?"

"글쎄?"

"끄응."

룬이 앓는 소리를 냈다.

토레논은 갑자기 자신의 행동이 유치한 거 같아 부끄

러운 생각이 들었다.

"아무튼 그래서 하고 싶은 말이 뭐야."

"우연히 경비병에게 트린베니아가 침략당하고 있다는 소식을 들었습니다. 그게 사실입니까?"

"흐음. 그건 나도 오늘에서야 보고 받은 극비사항인데 어찌 경비병이 그 사실을 알고 있는지 모르겠군. 그런데 그게 왜?"

"저는 이곳에 오기 전에 융커님에게도 들렀습니다. 그리고 저를 몰아붙이는 이 상황이 사실 더 큰 사건을 준비하기 위한 전초일 뿐이라는 것을 알게 되었습니다."

"더 큰 일?"

"훈텐백작은 스위프트가 제국에 손에 넘어간 일과, 왕자님이 그를 묵과한 일, 그 과정에서 근위대를 움직여 저를 잡으려 한 일 모두를 알고 있습니다. 모든 건 융커님이 말한 것이지요. 처음부터 왕자님을 추궁할 수 없으니 일단 브리튼살해혐의로 저를 붙잡아 두고 이를 조사하는 과정에서 그 모든 걸 밝히려는 생각이었습니다."

"브리튼님이 죽은 것과 그 일은 아무 관련이 없어."

"역모죄를 추궁하는 도중에 알고 보니 근위대까지 쑥대밭으로 만들어 놨더라. 그런데 알고보니 그게 제국과 연관이 되어 있더라… 이런식으로 꼬리에 꼬리를 물고 가면 연관짓는 건 일도 아니지요. 설령 더 억지스러운 방법을 쓰더라도 상관없을 겁니다. 어찌됐든 훈텐백작은 법무부처를 담당하고 있고, 제 입에서 증언이 나왔다고 하면 당장은 수사를 시작 할 수 있으니까요."

이야기가 심각해지자 룬은 테이블로 상체를 더욱 바싹 내밀었다.

"트린베니아가 점령 당하면 르니에르왕국으로 올 수 있는 해상경로가 열리는 셈입니다. 그리고 때를 맞추어 왕궁을 발칵 뒤집어 놓으려는 수작입니다."

일리 있는 말이라 토레논의 얼굴은 더 없이 진지해졌다.

"수석마법사가 그러한 비밀을 순순히 말해주던가?"

"예. 오랜만에 실력 좀 발휘해 보았죠."

순간 룬의 얼굴에서 이전에 보았던 사악한 모습이 나타났다.

토레논은 본브레이크의 위력을 잘 알고 있었다. 어느 날 룬은 상대가 누구든 진실을 말하게 할 방법을 알고 있다 말했다. 그러자 토레논은 자신은 그런 나약한 존재들과 다르니 그럴일 없다 대꾸했다. 룬은 손수 토레논에게 본브레이크를 시전했다. 그리고 토레논은 룬의 말이 사실임을 인정해야했다. 그 위력을 아는지라 토레논은 융커에게서 들은 말을 신뢰할 수 있었다.

"일리 있는 말이야. 하지만 트린베니아는 넓은 땅이야.

그곳을 점령하고 우리를 치려면 못해도 몇 달은 걸릴 텐데 지금 이런 일을 벌인다는 건 납득이 가지 않아."

듣고 보니 맞는 말이었다. 토레논의 말대로 트린베니아는 넓었다. 제국군이 아무런 제지를 받지 않고 진군을 한다해도 상당시일이 걸렸다. 게다가 트린베니아 남부지방에 그 많은 군사를 수송할 수 있는 배를 선박하고, 보급품을 옮기는 것까지 생각하면 결코 단기간에 해낼 수 없는 일이었다.

"그럼 이번일말고도 다른 것을 계획하고 있는 걸까요?"

"그럴 가능성이 높겠지."

룬은 고개를 끄덕였다.

"어찌됐건 그들의 뜻대로 왕궁이 흔들리는 것은 막아야 합니다."

"그러니까 결국 융커와 제국과의 관계를 한시라도 빨리 밝히라는 거 아니야?"

그때 밖에서 노크소리가 들려왔다. 당황한 룬이 허겁지겁 피할 곳을 찾았다. 그런데 노크소리를 낸 상대방은 이곳이 공작의 집무실이라는 것도 모르는지 무례하게도 토레논의 허락이 떨어지기 전에 그대로 들어와 버렸다.

"……."

토레논과 만나기로 되어 있었던 데이미안은 그의 집무실을 열고 들어오자 자신의 눈을 의심했다. 그 반응은 방금 에일리아의 것과 비슷했으나 감정이 철저히 배제된 것이었다.

"데이미안왕자님…."

토레논이 어색하게 그의 이름을 불렀다.

데이미안은 룬이 존재하지 않는 것처럼 성큼성큼 걸어와 소파에 앉았다.

"절대 이곳에 있어서는 안 될 사람이 공교롭게도 공작님의 집무실에 있군요. 제 상식으로는 공작님께서 부정한 방법을 사용했다고 밖에 생각할 수 밖에 없는데요."

룬은 역모죄로 특수감옥에 수감되어 있었다. 그곳은 마나를 제어하는 마나블록이 설치되어 있었고 철창은 어떤 물리적인 충격도 견뎌내는 특수한 재질로 만들어진 곳이었다.

"역모자를 도우는 것 역시 그에 상응하는 중죄입니다. 아무리 공작님이라도 현장을 제 눈앞에서 본 이상 그냥 넘어갈 수는 없을 것 같군요."

데이미안은 품에서 응급시 사용하는 신호탄을 꺼내들었다. 그리고는 줄에 손을 가져갔다.

그것을 당기는 순간 신호탄은 터질 것이고 주위에 있는 근위대가 순식간에 모여들 것이다.

순간 룬의 손이 허공에서 번쩍였다. 그러자 데이미안의 손에 있던 신호탄은 어느새 룬의 손에 들어가 버렸다. 데이미안이 움찔하며 룬을 노려보았다.

"저 때문에 괜히 죄 없는 공작님이 다치실까봐 손을 쓴 것이니 무례를 용서하십시오."

데이미안이 이전보다 더욱 사나운 눈으로 룬을 보았다.

"어떻게 나왔는지 비밀은 왕자님 손에 들려 있습니다."

데이미안은 반사적으로 자신의 손을 조금 내밀어 보았다. 신호탄이 들려 있던 손에는 어느새 다른 물건이 들려 있었다.

척보더라도 그건 열쇠였다. 모양은 열쇠지만 재질은 철이 아니었다. 그만큼 단단하지만 이제까지 한 번도 본 적이 없는 특수한 재질로 만들어진 것이었다.

"이게 뭐지?

"열쇠입니다. 액체상태의 물질을 자물쇠에 넣고 고체로 만들어 복제한 거죠. 그리고 노파심에 말씀드리자면 경비병들에게도 책임은 묻지 마십시오. 책임이 있다면 애초에 마나블럭을 바꿔야 한다는 제 말을 무시한 왕자님의 책임이 더 클 테니까요."

경비병들이 룬같은 고수를 잡아 둘 수 있는 건 마나블

록과 철창의 존재 때문이다. 만약 그것이 무력화 됐다면 일초지적도 되지 않는 실력으로 막을 수 없는 건 당연했다. 그러니 따지려면 허술한 마나블록과 철창을 만든 사람에게 책임을 물어야 할 것이었다.

어찌 됐든 룬은 몰래 감옥을 빠져 나왔고 이는 그냥 두고볼 수만은 없는 일이었다. 데이미안은 어떻게 해야 할까 생각했다.

마음 같아서는 당장 근위대를 불러 룬을 추포하고 싶었다. 하지만 위험을 무릅쓰고 감옥을 나와 한 나라의 공작을 찾아 왔다면 필시 예삿일은 아닐 거라 생각했다. 하여 데이미안은 이 상황을 어서 설명해 보라는 듯 토레논 공작을 보았다.

데이미안의 시선을 받은 토레논이 지금까지 룬과 나누었던 이야기를 설명하였다. 이곳에 오기 전에 융커까지 만나고 왔다는 대목에서 심히 놀라고, 분노하는 것처럼 보이기는 했지만 말을 끊지는 않았다.

설명을 모두 들은 데이미안은 상황을 정리하려는 듯 말이 없었다.

그러다 갑자기 일어나 문을 열더니 밖을 한 번 살폈다. 그리고는 다시 자리로 돌아왔다.

"네가 말한 문제는 수석마법사가 제국의 세작임을 밝혀낸다면 해결될 일이야. 그렇게 되면 훈텐백작은 자연스럽게 엮어 몰아낼 수 있고, 내가 세작이 숨겼던 이유 또한 정당화 될 수 있지. 그리고 그건 굳이 네가 이곳에 와 말하지 않아도 밝혔을 일이야. 그러니 네게 다른 꿍꿍이가 있다고밖에 볼 수 없겠군."

데이미안이 말했다.

룬은 고개를 끄덕였다.

"제가 원하는 건 융커님을 드러내지 않은 채 재판을 끝내는 겁니다."

"쉬운 길을 나두고 굳이 어려운 길로 돌아가려는 이유는?"

룬은 크게 심호흡을 하였다. 지금부터 하는 말은 해석하기에 따라서 큰 오해를 살 수도 있는 부분이었다. 게다가 룬은 일전에 토레논에게 이를 충분히 말할 기회가 있었음에도 이 사실을 숨기고 있었다.

룬은 바르타인공작에게 복수를 하기 위해 제국으로 갈 거라고 말했다. 그래서 그에게 자연스럽게 접근하기 위해 아직 융커가 세작임이 밝혀져서는 안 된다는 뜻을 보였다.

그 이야기를 듣던 토레논의 얼굴이 더없이 굳어졌다. 반면 데이미안은 체통도 잊은 채 크게 박장대소하였다.

"아주 재미있는 생각이군. 그 이야기를 왜 이제야 하는 거지? 설마 이런 일이 발생하지 않았다면 끝내 말하지 않을 작정이었나?"

"……."

"아. 너무 걱정 하지는 마. 추궁을 하려는 건 아니니까. 다만 너무 멍청한 생각이라 조금 당황했을 뿐이야. 바르타인은 제국의 공작이야. 그를 암살하고도 아무런 잡음이 없을 거라 생각했나? 이는 응당 국제적 문제로 번질 거야. 그러니 애초에 은밀히 제국으로 건너갈 거라는 생각 자체가 말도 안 되는 것이지."

"그래서 지금이라도 이렇게 허락을 받고자 하지 않습니까?"

그 말에 데이미안이 피식 웃었다.

"만약 내가 허락하지 않는다면 어떻게 할 생각이지?"

"그건 생각해 보지 않았습니다."

"그럼에도 생각을 굽히지 않을 거라는 뜻으로 들리는군."

룬은 대답하지 않았다.

잠시간 정적이 흘렀다.

데이미안이 어떤 결정을 내릴지 가슴을 졸이며 기다리고 있는 데 의외로 별일 아니라는 듯 가볍게 말을 했다.

"좋아. 허락해 주지."

"왕자님!?"

토레논이 놀란 나머지 화를 내듯 말했다.

"뭘 그리 놀라십니까?"

"이건 그렇게 간단하게 말씀하실 문제가 아닙니다. 말씀하였듯 국가적 문제로 번질 수 있는 일입니다."

"제국과 우리는 이미 좁힐 수 없을 만큼 사이가 벌어졌습니다. 그들이 이번에 우리에게 한 만행을 생각해 보세요. 그것을 생각한다면 제국은 명백한 적국으로 하등 문제될 것이 없습니다. 저는 오히려 그런 생각을 한 것에 대해 칭찬을 하고 싶을 정도군요. 공작님의 생각은 아닙니까?"

토레논은 차마 대답할 수 없었다. 그 역시 속으로는 그런 마음이 없지 않았던 것이다. 다만 륜을 사지로 몰아 넣는 것에 동조를 할 수 없어 입을 다물어 버렸다.

"만약 바르타인공작을 암살하고 돌아온다면 그 공을 치하해 스위프트가 이 나라 안에서 정착하며 살수 있도록 해주지. 물론 그 여파로 발생할 그 어떠한 외압에 대해서도 내 선에서 막아주도록 하지."

"정말이십니까?"

륜은 모처럼 데이미안이 마음에 들었다.

"나머지 번거로운 일에 대해서는 내가 알아서 하도록 하지. 대충 얘기가 끝난 것 같은데 이만 있어야 할 곳으로 돌아가는 게 어떤가?"

"방도가 있으십니까? 훈텐백작이 입을 여는 순간 일은 걷잡을 수 없이 커질 겁니다."

"걱정할 것 없어. 훈텐백작은 그 일을 발설하지 않을 테니까."

"?"

"내가 일일이 어떻게 할 건지 설명을 해줘야하나? 네가 원하는 건 자연스럽게 제국으로 건너가는 게 아닌가? 그럼 그 일에만 집중해."

룬은 고개를 끄덕이고는 자리에서 일어났다. 골치 아픈 일을 알아서 처리해 준다는 데 구태여 보챌 필요는 없었다.

"그리고 이 일과 상관없이 한 번 더 가벼이 행동을 한다면 그 책임을 물을 것이야."

룬은 피식 웃으며 고개를 끄덕이고는 장내를 벗어났다. 토레논이 어떤 반응을 보일지 뻔히 알기에 일부로 그의 시선은 피했다.

"공작님께서는 제 결정이 못마땅한 모양이시군요. 그건 룬남작을 생각해서 입니까, 아니면 바르타인공작을 암살한다는 생각자체가 마음에 드시지 않기 때문입니까?"

룬이 나감과 동시에 데이미안이 말했다.

토레논은 대답이 없었다.

그러거나 말거나 데이미안은 다른 질문을 던졌다.

"공작님은 숙부님을 누가 죽였을 거라 생각하십니까?"

그 물음에 토레논은 잠시간 생각에 잠겼다. 그러다 놀란 듯 되물었다.

"설마 룬남작을 생각하고 계신 겁니까?"

데이미안이 고개를 끄덕였다.

"……."

"처음에는 그를 아예 용의선상에서 제외시켰습니다. 그럴 수 없다고 생각했기 때문이죠. 하지만 최근 룬남작의 실체를 알게 되면서부터 그럴 수 있다는 쪽으로 생각이 바뀌었습니다. 그리고 오늘 그가 하는 이야기를 듣고 확신을 했습니다. 생각해 보십시오. 아무리 바르타인공작이 룬남작을 계략에 빠뜨리게 한다하더라도 뜬금없이 숙부님을 거론하는 게 이상하지 않습니까?"

사실 토레논도 그것이 의아하기는 한 부분이긴 했다.

"수석마법사는 숙부님과 룬남작이 만난 것을 알고 있었습니다. 우연히 산맥을 지나다 봤다 말했지만 그건 사실이 아닙니다. 만약 직접 봤다면 숙부님이 사병을 거느리고 갔다는 것을 모를 리 없었을 겁니다. 즉, 직접 본 게 아니라 숙부님이 룬남작을 만나러 간다는 사실만 알고 있던 겁니다. 그걸 어떻게 알았을까요?"

토레논은 대답이 없었다. 데이미안은 씨익 웃더니 말을 이었다.

"숙부님은 제국과 내통을 하고 있던 겁니다."

"?!"

그 말에 토레논이 놀라 입을 다물지 못했다. 말도 되지 않는 일이라고 반박하고 싶지만 데이미안이 이렇게 진지하게 허언을 할 사람은 아니었다.

"숙부님은 스위프트라는 여인이 연회장에서 난동을 부렸던 여인과 동일인물이라는 명목을 내세워 은밀하게 룬남작을 잡아오겠다고 했습니다. 하지만 사실 숙부님은 룬남작을 잡아 제국으로 보내려 했던 겁니다. 그런데 룬남작의 실력이 예상 밖으로 뛰어나 도리어 봉변을 당한 겁니다. 물론 저도 아무리 룬남작의 실력이 드러난 것 이상으로 뛰어나다 하더라도 어떻게 숙부님을 비롯 사병들까지 몰살시킬 수 있었는지는 의문이긴 합니다."

"앞뒤가 맞지 않습니다. 왕족시해죄라는 누명을 써가면서까지 바르타인공작에게 접근하려 한 룬남작입니다. 만약 브리튼님께서 룬남작을 찾아간 이유가 왕자님께서 말한 것이라면 죽일게 아니라 따라갔을 테죠."

"그렇지 않습니다. 당시 숙부님이 룬남작을 찾아갔을 때는 아직 스위프트라는 여인이 제국의 손에 넘어간 것을 모르고 있었습니다. 그러니 그때는 숙부님을 내치다 수석 마법사가 제안을 했을 때는 아쉬운 입장이 되어 어떻게든 가려 하는 것이지요."

데이미안은 자리에서 일어나 토레논을 등진 채 섰다.

"그래서 설마… 왕자님께서는 죄의 대가로 룬남작을 사지로 보낸 것입니까?"

"왕족시해는 그 이유가 어찌됐든 씻을 수 없는 중죄입니다. 본인은 물론 그 가문까지 멸문지하를 면치 못합니다. 어차피 죽을 거라면 이 나라를 위해 무언가를 하다 죽는 것도 나쁘지는 않겠죠. 더불어 가문은 무사할 수 있으니 그에게도 다행인 일이 아니겠습니까?"

"하지만 아직 룬남작이 브리튼님을 죽였다는 것은 증명된 바가 없습니다. 또한 왕자님의 말대로 브리튼님께서 정말 제국의 세작이었다면 오히려 이는 칭찬받아 마땅한 일이 될 겁니다."

데이미안은 다시 등을 돌려 토레논을 바라보았다.

"공작님의 말대로 해석할 수도 있는 문제일겁니다. 하지만 중요한 건 이를 숨겼다는 것입니다. 룬남작은 위험한 자입니다. 필요에 따라 살인과 거짓을 일삼는 자를 그냥 두었다가는 필시 큰 후환이 될 겁니다."

"하지만 그는 이 나라를 위해 많은 일들을 했습니다."

"그렇습니다. 그는 제국의 간계를 파악했으며 세작을 색출해 내기까지 했습니다. 하지만 이는 어디까지나 본인의 이해관계에 따라 움직인 것이지 나라를 위함은 아니었습니다."

"의도야 어쨌든 나라에 공을 세웠다면 지켜줘야 하는 것이 도리이지 않습니까?"

"그 도리는 이미 다 했습니다. 감히 근위대를 쑥대밭으로 만든 것을 묵과해 주었으며 스위프트와 연관된 모든일을 모른척 넘어가 주었습니다. 연회장에서의 사건 하나만으로도 룬남작은 이미 이 땅에 설수 없어야 합니다."

"다시 한 번 생각해 보십시오. 만약 룬남작이 제국으로 넘어가 그곳에 회유가 된다면 어쩌겠습니까?"

"공작님께서는 어떻게 해서든 저를 설득해 룬남작을 보내고 싶지 않으신 거 같은데 그런 일을 없을 겁니다. 지난번에는 근위대까지 물리치며 도망갔던 룬남작입니다. 하지만 이번에는 순순히 잡혀주었죠. 왜 일까요? 바르타인공작에게 갈 거라는 이야기를 왜 했을까요? 그건 가문이 다치지 않기 위해서입니다. 베르난도백작가라는 약점이 있는 한 절대 제국에 회유당하는 일은 없을 겁니다."

데이미안이 확신에 차 말했다.

"제가 아는 룬남작이라면 언제든 그런 가문쯤 잘라 버릴 수 있는 인물입니다. 그는 본디 본인 이외에는 어떠한 것에도 가치를 두지 않는 사람입니다. 이건 룬남작을 비호하기 위해 하는 말이 아닙니다. 절대 그를 적으로 만드셔서는 안 됩니다. 절대로…."

토레논의 얼굴에는 그 어떤 때보다 확신에 차 있어 데

이미안은 그 말을 좀 더 신중을 기해 들었다.

"적으로 만들다니 당치 않습니다. 오히려 저는 룬남작의 제안을 받아 들어줬을 뿐입니다."

따지고 보면 맞는 말이라 토레논은 더 이상 데이미안을 만류할 명분을 찾지 못했다.

"훈텐백작이 입을 열면 어찌하려 그러십니까?"

"그는 그러지 않을 겁니다. 또 그렇다 해도 할 수 없는 일이죠. 그렇게 되면 융커님의 존재를 밝혀 함께 지하로 보내버리면 되는 일입니다. 어찌되든 제게는 상관이 없습니다. 그러니 공작님께서도 더 이상 이 일로 왈가불가하지 않으셨으면 합니다."

"……."

"정 못마땅하시면 이번 공개재판을 한 번 지켜보도록 하세요. 룬남작이 어떠한 거짓말들을 할지."

탁자위에 올려놓은 훈텐백작의 두 손이 여유롭게 움직이고 있었다. 그의 시선은 의미 없이 노란 화병과 머나먼 창가 뒤 풍경을 오갔다.

"공개재판을 열라는 말씀이십니까?"

"그렇습니다."

데이미안이 대답했다. 그러서면서 훈텐백작의 얼굴을 살폈다. 딱히 별다른 기색이 드러나지 않아 무슨 생각을 하는지 알기 어려웠다.

"내키지 않으신 겁니까?"

"그런 것이 아니라 아직 문초조차 시작하지 않은 와중에 재판을 열라는 건 납득하기가 힘든일이라서요."

"현재 트린베니아는 제국과 전쟁 중에 있습니다. 트린베니아는 우리에게 중요한 요충지로 조만간 대거의 지원군을 동원해야할지도 모릅니다. 그렇게 중한 일을 앞두고 있는 데 사사로운 것에 시간을 낭비할 필요는 없지 않겠습니까?"

"왕족시해가 어찌 사사로운 일이 될 수 있겠습니까?"

데이미안은 탁자위에 있는 와인을 훈텐백작에게 손수 따랐다.

그리고 말했다.

"이번 제국과의 전투로 쉔기사단이 없어지는 지경에 이르렀습니다. 다행히 첸이라는 구심점으로 맥기사단이 새롭게 탄생하였는데 다시금 쉔기사단과 같은 일이 벌어지면 너무 가혹하지 않겠습니까?"

그 말의 의미를 곰곰이 생각하던 훈텐백작이 천천히 와인을 마셨다.

"자세한 이야기를 듣고 싶군요."

데이미안이 고개를 끄덕이더니 낮게 이야기를 시작했다. 이야기를 듣는 훈텐백작의 얼굴에 묘한 웃음이 감돌았다. 노골적으로 말하지는 않지만 결국 공개재판을 여는 대신 트린베니아로 척출될 지원군 명단에서 빼주겠다는 이야기였다.

"만약 공개재판을 열었는 데 룬남작의 유죄가 밝혀진다면 어찌 하시겠습니까?"

"그렇다면 응당 죄를 받아야겠지요."

훈텐백작이 만족스러운 듯 웃었다.

"좋습니다. 왕자님의 뜻이 정 그러하시다니 공개재판을 열도록 하지요."

데이미안은 그 자리에서 맥기사단을 국경인 아틀란 지역의 지원병으로 가라는 명령서를 써주고 인장을 찍었다. 명령서를 품에 넣은 훈텐백작은 만족스러운 얼굴로 자리에서 일어났다. 그렇게 기쁨의 만끽하고 있는데 가만 생각해 보니 석연찮은 점이 몇 가지 있었다.

'룬남작을 비호해 주는 거라면 왜 공개재판을 열라고 한 거지? 나에게 일방적으로 유리한 제안을 했다면 응당 더 강한 수단을 써도 됐을 텐데… 아니, 그 전에 얼마든지 다른 수를 써 볼만도 전혀 그런 움직임이 없어. 당장 공개재판을 여는 것으로 충분하다는 건가? 아니면 다른 꿍꿍이가 있는건가?'

생각이 꼬리를 물었다. 하지만 데이미안의 머릿속에 들어가 보지 않은 이상 의도를 파악할 수는 없었다.

'뭐 의도야 어쨌든 이제는 별로 상관없을 테지….'

훈텐백작은 품에서 명령서를 꺼내 다시 한 번 확인해 보았다. 군더더기 없는 깔끔한 명령서였다.

'실수하신 겁니다 왕자님. 제게는 이미 그를 옭아맬 모든 준비가 되어 있으니까요. 왕자님께서는 두 마리 토끼를 다 놓치시게 될 겁니다.'

훈텐백작은 명령서를 다시 품에 넣은 다음 발걸음을 옮겼다.

NEO FUSION FANTASY STORY & ADVANTURE

제 5 장

공개재판

제 5 장
공개재판

왕궁 어느 모퉁이, 머리에 하얀 두건을 둘러쓴 하녀 둘이 눈치를 보며 이야기를 나누고 있었다.

"뭐? 이자벨리아공주님이 여색을 밝힌다고?"

"쉿! 조용히 해. 그러다 누가 듣겠어?"

"에이, 그게 무슨 말도 안 되는 소리야?"

"말이 안 되긴? 생각해봐. 그토록 아름다우신 분이 어째서 아직 제대로 된 남자 하나 만나지 않았겠어?"

"그럼 그 때문에 신분을 숨긴 채 지내셨다는 말이 사실이라는 거야?"

"그렇다니까. 내가 아는 언니가 그런 방면으로는 전문가인데 공주님을 보자마자 단박에 그러더라는 거야."

"난 믿을 수가 없어. 그토록 아름다우신 분이 여색을 밝히다니…."

"생각해봐. 어디 공주님이 다른 여자들처럼 남자들과 즐겁게 이야기 한다는 소리를 들어 본적이 있어? 그러니까 글쎄… 어맛! 와, 왕자님."

말을 하던 하녀는 귀신이라도 본 마냥 소스라치게 놀랐다. 그녀의 앞에 다름 아닌 데이미안과 이자벨리아가 나타난 것이다.

데이미안은 그녀들이 하는 이야기를 듣지 못한 듯 무심한 얼굴을 하고 있었다.

"안젤리나, 아비…."

데이미안은 하녀들의 명패를 보며 그녀들의 이름을 중얼거리듯 말했다.

"예?"

"그만 가봐라."

그녀들은 가슴을 쓸어내리며 자리를 떠났다.

"이름을 외워서 뭣 하시게요?"

"아랫사람으로써 도리를 어기고 윗사람을 욕보였으니 대가를 치러야지."

"됐어요. 이런 이야기가 나도는 게 어제오늘 일도 아니고… 없는 곳에서는 나라님도 욕한다고 하니 그냥 모른 채 넘어가세요. 사사로운 너무 집착해서는 큰사람이 될 수 없다 늘 입에 달고 사셨잖아요."

"왕궁에서 예의와 법도를 지키는 것은 절대 사사로운 일이 될 수 없다."

데이미안은 못마땅한 얼굴로 이자벨리아를 바라보았다.

"혼기가 찼음에도 아직 제대로 된 혼처하나 구하지 않고 있으니 저런 말도 안 되는 억측들이 나오는 게 아니냐. 이만…."

"잔소리라면 사양하겠어요."

둘은 곧 왕궁신전에 들어갔다. 신전 중앙에는 주신 조각상이 있었고 양 옆에 횃불이 그윽하게 빛나고 있었다. 그 바로 앞에 신관 하나가 기도를 하고 있다 데이미안을 보고는 얼른 자리에서 일어나 예를 갖췄다.

인사를 나눈 뒤 이자벨리아는 신관에 놓여진 침대위로 올라가 누웠다. 신관이 옆으로 다가와 특이하게 생긴 지팡이를 들고는 주문을 외우기 시작했다. 신관의 몸에서 점차 맑은 빛이 감돌았다.

맑은 빛은 곧 이자벨리아의 전신을 감쌌다. 빛이 사라지고 이자벨리아가 자리에서 일어났다. 한데 신관의 얼굴이 좋지 못했다.

"안 되는 겁니까?"

데이미안의 얼굴에는 근심이 가득했다. 남부러울것없

이 행복할 것 만 같은 이자벨리아에게도 남모를 고충이 있었다. 병명도 모를 희귀한 병에 걸려 간헐적으로 발작을 일으키는 것이다.

그 외에 특별한 증상은 없으나 한 번 발작을 일으키면 생사를 오갈만 중하니 그냥 지낼수만도 없는 노릇이었다.

하여 누구 할 것 없이 병을 치료하기 위해 만나 봤으나 소용없는 일이었다. 왕궁신관 역시 마찬가지였다.

"송구합니다. 신력을 불어 넣었지만 딱히 변화는 없었습니다."

"기록에 보면 의관들도 고치지 못하는 병들을 마법사나 신관들이 고친다고들 하지 않습니까."

"그것은 정확히 말해 몸에 해로운 기운을 신력으로 없애는 것입니다. 그 경우 오히려 의관보다 신관이 더 신통하기는 할 겁니다. 하지만 공주님의 경우는 병에 의한 것이라 제가 어찌할 수 없습니다. 혹 수석마법사님께서는 고칠 수 있을지도 모르니 말씀을 해보시는 게 어떻겠습니까?"

"흐음…."

이미 오래전 수석마법사에게 똑같은 말을 들었던지라 데이미안은 착잡함을 감출 수 없었다.

"제가 해드릴 수 있는 건 없습니다. 송구합니다."

"모두가 안 된다고 하는 데 어쩌겠어요. 간혹 발작을

하는 것 외에 특별한 증상은 없으니 그냥 지내도 될 거에요. 건강해 보이는 사람도 남 모를 지병 하나쯤은 있는 경우가 많잖아요. 저도 그냥 그렇게 생각할래요."

이자벨리아는 신관의 암담함 말에도 씩씩함을 잃지 않았다.

그것을 보며 데이미안은 더더욱 마음이 무거웠다.

룬이 토레논의 집무실을 찾은 지 얼마 후 공개재판이 시작되었다.

'공개재판이라고? 왕자님께서 말한 조치가 이거였나?'

예상보다 너무 이른 시간에 재판이 열려 룬은 융커에게 경과를 듣지도 못한 상태였다. 하지만 크게 상관은 없다고 생각했다. 이렇게 이른 시간에 공개재판을 연 것 자체가 무죄를 입증하기 위한 하나의 절차에 지나지 않을 테니 말이다.

룬은 두 손에 수갑이 묶인 채 재판장으로 이송되었다. 막상 공개재판 열리자 재판소안에 있는 사람 수는 의외로 많지 않았다. 공개라고는 하지만 이곳에 들어 올 수 있는 사람은 소수의 귀족들 뿐이었다.

이 재판에 집행권한이 있는 데이미안은 중앙 꼭대기에 있는 의자에 앉아 있었고, 그 좌측에는 법무부장인 훈텐 백작이 있었다.

그리고 우측에는 토레논이 앉아 있었다. 기본적으로 공작은 왕이 하는 모든 일을 보조할 수 있는 권한이 있었다.

세 사람을 주축으로 바르텐시의 귀족은 물론 인근 귀족까지 둥근 원 형태로 있었다.

그리고 그 중앙에는 룬이 있었다.

"룬남작에 대한 재판을 시작하도록 하겠습니다."

공개재판은 형식이 없었다. 그래서 집행관이 개시를 알리는 것을 시작으로 어떤 형태로든 지 유죄를, 그리고 무죄를 입증 할 수 있었다.

최종 집행권한이 훈텐백작에게 있다지만 사실 공개집행에서 그 권한이 그다지 쓸모가 있는 건 아니었다. 이 재판은 철저히 다수결에 의해 이루어지게 되며 집행관이라고 해서 그 의결권이 여러 개가 되는 건 아니었다.

"룬남작을 추포한지 얼마 되지도 않은 데다 아직 제대로 된 문초조차 하지 않은 것으로 아는 데 이렇게 성급하게 공개재판을 개최한 이유가 있습니까?"

바르텐의 열 두 귀족의 자격으로 이 자리에 온 글라프 백작이 말했다.

"증거를 입수했기에 이른 감이 있지만 재판을 개최하

게 되었습니다."

대답을 한 훈텐백작은 좌중을 둘러보고는 다시 말을 이었다.

"사건의 개요는 이렇습니다. 브리튼르니에르님께서 얼마전 한구의 시체가 되어 돌아왔습니다. 이에 조사를 한 바 브리튼르니에르님의 죽음과 룬남작이 연루되어 있다는 것을 발견하였습니다."

룬은 주위를 둘러보았다. 분위기가 무거웠다. 그러다 토레논과 눈이 마주쳤다. 그는 조금 곤란한 얼굴이 되어 룬을 바라보았다.

짝짝.

훈텐백작이 손뼉을 치자 병사가 브리튼의 시체를 가지고 왔다.

시체는 오래됐음에도 제법 상태가 괜찮았다.

하지만 죽은 사람이 주는 기괴함이 보관이 잘 되었다고 사라지는 것은 아니었다. 시체는 브리튼 것 말고도 한 구가 더 있었다.

"브리튼님의 몸에 난 상처를 잘 보십시오. 다른 자잘한 상처도 있지만 직접적인 사인이 되는 것은 가슴에 난 상처입니다."

훈텐백작은 브리튼의 배에 난 상처를 가리켰다. 불에 그을린 듯 자글자글하게 변해 있었다.

"그리고 다른 시신은 대란이 있던 날 사망한 요르망의 시신입니다. 보시면 아시겠지만 요리망의 몸에도 브리튼님의 것과 동일한 상처가 있습니다."

요르망의 시신은 오래되었기에 브리튼의 것보다 형편없이 망가져 있었다. 몇 군데는 썩어 없어졌으며 고얀 악취를 풍겼다. 하지만 그 와중에도 불에 그을린듯 한 상처는 선명하게 남아 있었다.

훈텐백작은 좌중을 훑었다. 모두의 시선이 자신에게 집중 될 수 있도록 아주 느릿한 동작이었다.

"요르망과 브리튼님을 죽인 사람이 동일인물인 건 알겠는데 그게 룬남작과 무슨 관계란 말입니까? 요르망은 비록 비열한 제국의 종자이기는 해도 소드마스터에 오른 인물입니다. 브리튼님 역시 마찬가지입니다. 그런 자가 룬남작에게 죽임을 당했다는 건 상식적으로 말이 되지 않습니다."

백발이 무성한 서부지역의 늙은 귀족이 말했다.

"저도 처음에는 그것을 이해할 수 없었습니다. 하지만 당시 그 장소에 있던 자의 증언을 듣고 믿지 않을 수 없게 됐습니다."

훈텐백작은 증인을 불렀다. 몬스터토벌에 나갔던 제국군이었다. 그간 온갖 고문에 시달렸던지 몸 이곳저곳에 상처가 가득했지만 눈빛은 제법 살아 있었다.

그는 주눅 든 모습으로 주위를 보더니 말을 하기 시작했다. 당시 룬이 붉은색 오러블레이드를 소환해 단숨에 요르망을 벤 뒤 제국군을 유린했다는 것이다. 그 뒤 주위가 거대한 화염에 휩싸였고 깨어났을 때는 이미 상황이 끝이나 있다고 말했다.

"그렇다면 정말 룬남작이 이들 모두 죽였단 말입니까? 하지만 그러기 위해서는 룬남작 역시 최소한 소드마스터 그 이상의 실력자야 한다는 말인데… 물론 룬남작이 그래플아카데미의 검술특기생으로 들어가고 최근 실력이 일취월장 했다고 하지만 소드마스터라는건 말이 안 되지 않습니까?"

말을 한 것은 그라센백작이었다. 그는 훈텐백작을 추종하는 귀족 중 한명이었다. 그런 그가 이런 질문을 던질 정도로 현 상황은 이해하기 힘든 것이었다.

룬은 시신을 보며 어떻게 대답을 해야 할까 잠시 고민했다.

'기껏해야 되도 않는 억지를 부릴 줄 알았더니 예상외로 준비를 많이 했군. 하지만 직접 본 사람도 없고 내 실력을 아는 사람도 없는 이상 잡아 때면 그만이다.'

그렇게 생각하고 있는 데 싸늘한 시선 하나가 느껴졌다. 바로 토레논이었다.

'형님의 눈빛이 예사롭지 않다. 형님은 내가 했다는 걸

알고 있어. 어설픈 거짓말로 빠져나가려 했다가는 사단이 벌어지고 말지도 모르겠구나.'

룬은 토레논의 시선을 느끼며 생각을 달리해야 함을 깨달았다.

룬은 다시 데이미안왕자를 보았다. 그리고 모종의 사인을 보냈다.

-공개재판은 형식적인 것이 아니었습니까?

하지만 데이미안은 룬의 시선을 보지 못한 것인지 아무런 반응이 없었다.

'너무 안일하게 생각했군.'

룬은 기왕 이렇게 된 거 일정 부분 밝혀야 될 것은 밝힐 수 밖에 없음을 깨달았다.

"이렇게 된 거 솔직하게 말하겠습니다. 요르망을 죽인 건 제가 맞습니다."

룬은 요르망의 시신으로 걸어갔다.

"그럼 정말 룬남작의 실력이 소드마스터를 상회한단 말이오?"

룬은 그 물음을 무시하고 파이어소드를 뽑어냈다.

"요르망을 베었던 건 바로 이것입니다."

파이어소드가 룬의 손에서 활활타올랐다. 좌중의 얼굴이 경악으로 물들었다. 경악은 곧 탄성으로 변했다. 바로 앞에서 보는 파이어소드의 위용은 그 어떤 것보다 대단했다.

룬은 이것이 오러블레이드가 아니며 마법을 변형한 것임을 굳이 설명하지 않았다. 지금은 그것이 중요한 때가 아니었다.

"이걸로 팔을 자른 뒤 다음 목을 베었습니다. 요르망. 비록 적이었지만 검사로써는 꽤 훌륭한 자였습니다."

말을 한 뒤 룬은 파이어소드를 소멸시켰다. 그리고 브리튼에게 다가갔다.

"저는 물론 브리튼님과도 한차례 격전을 벌였습니다. 이 상처가 바로 그 증거입니다. 하지만 요르망의 시신과 결정적으로 다른 것이 있습니다. 요르망의 시신은 팔과 목을 두동강 난 것이지만 브리튼님의 시신은 비록 앞쪽을 대부분 베기는 했지만 살갗을 뚫을 만큼 깊은 상처는 아닙니다. 다시 말해 저는 브리튼님과 한차례 격전을 벌였고, 상처를 입히기는 했지만 죽이지는 않았다는 말입니다."

룬이 말이 떨어지자 좌중들이 우르르 몰려와 두 시신을 살폈다. 요르망의 시신은 특히 부패했기에 인상을 쓰고 코를 부여잡았지만 보는 걸 멈추지는 않았다.

훈텐백작 역시 장내로 내려와 시체를 친히 살폈다. 확실히 브리튼에게서 난 상처는 요르망의 것과 달리 살갗을 채 뚫지 못해 치명상이 될 수 없었다.

'이런 어처구니없는 실수를 하다니….'

훈텐백작은 룬이 본인의 실력을 숨기는 데 급급할 것이라 생각했다. 하여 그것을 밝혀내는 것에만 초점을 맞췄다. 그런데 정작 고민했던 건 너무 쉽게 넘어가고 생각지도 못한 것에서 발목이 잡혔다.

'그렇다고 판이 벌어졌는 데 이대로 끝낼 수는 없지.'

"자자, 이제 자리로 돌아가 주세요."

주변이 사나워지자 데이미안이 중재에 나섰다. 훈텐백작 역시 자리로 돌아갔다.

"비록 치명상은 아니지만 저 정도의 중한 상처라면 당장 전투를 치룰 수는 없는 상태였을 겁니다. 그러니 그 뒤에 무슨 짓을 했을지 알 수 없는 일입니다."

훈텐백작이 말했다. 그때 늙은 귀족 하나가 재판에 끼어들었다.

"잠깐 그 전에 짚고 넘어갈 것이 있습니다."

"말씀해보세요."

"그러한 실력을 가졌다면 세상에 알려지길 바라는 게 정상이오. 그럼에도 실력을 숨겼다는 건 다른 의도가 있었다는 반증이 아닙니까? 바로 오늘 이 자리가 열린 이유처럼 말이오."

"실력을 숨겼다고 살인을 할 거라는 건 너무 큰 비약입니다."

룬이 말했다.

"불순한 의도가 없었다면 대체 왜 실력을 숨긴 겁니까?"

"제가 실력을 숨긴 건 개인적인 이유이며 재판과 직접적으로 관련이 없습니다. 정 이유를 알고 싶으시면 재판이 끝난 뒤 개인적으로 말씀드리겠습니다."

"그건 룬남작의 말이 맞습니다. 실력을 감추고 있었다고는 하나 그것이 살인을 입증할만한 증거는 될 수 없습니다. 앞으로는 본 재판과 직접적으로 관련이 된 것이 아니라면 발언을 삼가 주세요."

토레논공작이 말했다.

"그럼 다시 본론으로 넘어가도록 하죠."

훈텐백작이 말했다.

"당시 그 자리에는 브리튼님뿐만 아니라 사병들도 십수명 있었습니다. 그러니 브리튼님이 치명상을 입었다하여 손을 쓸 수 있는 상황은 아니었습니다."

"브리튼님께서는 현재 유배를 떠난 상태입니다. 개인적으로 사병을 키울 수 없는 입장입니다. 그런데 그곳에 사병이 있었다는 건 말이 되지 않습니다. 혹 위기를 모면하기 위해 거짓을 늘어놓는 게 아닙니까?"

"그렇지 않습니다. 다행히 당시 사병이 동원되었다는 것을 증언해 줄 사람이 있으니 물어 보면 될 겁니다."

"준비되지 않은 증인을 임의로 출석시킬 수는 없습니다.

게다가 미리 입을 맞추어 놓았을지 누가 알겠습니까?"

"저는 여태까지 감옥에 있었습니다. 이런 일이 있을 줄 알고 미리 대비를 하고 있지 않은 이상 어찌 입을 맞춰 놓을 수 있겠습니까? 게다가 저를 비호해줄 증인도 부를 수 없다면 제 결백은 어찌 증명한단 말입니까?"

"공개재판은 죄를 묻기 위함이지 죄를 지은 사람을 비호하기 위해 만든 자리가 아닙니다."

"다행히 그 증인은 이 자리에 있습니다. 그는 누구보다 공명정대한 사람으로 제 말에 신비성을 더해 줄 겁니다."

말을 하면서 룬은 데이미안을 빤히 바라보았다. 모두의 시선이 룬을 따라 데이미안에게 향했다. 어디를 가든 늘 사람들의 이목을 단번에 집중시키는 그였지만 오늘만큼은 이들의 시선이 부담스러웠다.

"룬남작의 말이 사실입니까?"

사람들은 브리튼의 유배를 일컬어 황금유배라 불렀다. 보통 유배를 떠나게 되면 그 지역에서 벗어날 수 없었다. 하지만 브리튼은 비교적 자유롭게 이곳저곳을 다녔으며 심지어 왕궁까지 드나들기도했다.

물론 대놓고 활동하지는 않았지만 많은 대소신료들이 이를 눈에 가시처럼 여기고 있었다. 그런 와중에 사병까지 양성했다고 하니 불만이 극에 달할 수밖에 없었다.

"숙부님께서 비록 유배를 떠나있다고는 하나 왕족으로

써 최소한의 품위는 유지해야 한다고 판단했습니다. 그래서 소수의 사병을 부리는 것을 묵과해 주었습니다."

데이미안의 대답에 훈텐백작의 얼굴이 대번 일그러졌다.

'나에게는 그에 대해 일언반구도 없더니… 일부러 나를 속인 건가? 역시 속으로 다른 꿍꿍이가 있었군. 하지만 어림없지.'

예상에 없는 상황이라 조금 당황스럽기는 했다. 하지만 룬의 말에는 여전히 허점이 있었다.

"일반적인 병사는 그 수가 몇이건 소드마스터 한명을 당해낼 수 없습니다. 그러니 브리튼님이 치명상을 입은 이상 사병의 존재는 큰 의미를 가질 수 없습니다."

"사병의 실력은 기사에 준하는 것이었습니다. 그들의 힘을 합한다면 오히려 소드마스터를 훨씬 상회하고도 남습니다. 그러니 치명상을 입혔다한들 제가 어찌할 수 있는 상황은 아니었습니다."

"왕자님께서는 분명 왕족으로써 품위유지를 위한 정도라고 하시지 않았습니까? 그런데 기사에 준하는 실력이라니요?"

서부의 늙은 귀족이 말했다. 그는 척 봐도 고집이 세보이는 자로 이 상황에 대해 도저히 납득하지 못하는 얼굴이었다.

데이미안은 방금처럼 시원하게 대답을 하지 못하고 머뭇거렸다.

'쓸데없는 말을 하여 긁어 부스럼을 만드는군.'

데이미안 역시 브리튼이 실력 있는 사병을 양성하고 있음을 알 고 있었다. 하지만 그 수가 많지 않아 위협이 될 수 없고 추후 결정적인 순간에 사병을 양성한 것을 문제 삼기 위해 묵과해 주고 있었다.

물론 그것은 외부에 알려져서는 좋을 게 없는 사실이었다. 한데 룬이 속도 모르고 그 사실을 밝히니 곤란하기 그지 없는 상황이 되었다.

데이미안이 머뭇거릴수록 주위의 웅성거림은 커져갔다.

그때 훈텐백작이 별일 아니라는 듯 가볍게 말을 했다.

"자자, 진정하세요. 이는 룬남작의 말일 뿐 아직 증명된 건 없습니다. 게다가 그 말은 거짓일 가능성이 높습니다. 생각해 보십시오. 만약 그들의 실력이 기사에 준하는 것이었다면 도리어 당하는 것은 룬남작이었을겁니다. 그랬다면 이렇게 사지 멀쩡한 모습으로 이 재판장에 서 있을 수도 없었을 겁니다. 그렇지 않습니까?"

훈텐백작의 말에 웅성거림이 줄어들었고 다들 동의하는 빛을 보였다. 간혹 더 이상 룬의 새치 혀에 놀아나서는 안 된다는 말이 나오기도 했다.

데이미안은 낮게 한숨을 쉬었다. 의도치 않게 훈텐백

작에게 덕을 보게 되었다.

"우리가 왜 꼭 서로를 죽이기 위해 만났을 거라 확신하십니까?"

룬의 말투는 새삼 가벼웠다.

"오러블레이드를 사용할 정도라면 생사를 걸고 싸웠다는 뜻이 아닙니까? 그러니 둘 중 하나는 화를 피할 수 없는 게 당연하지요. 그럼 말씀해 보시지요. 치명상을 입은 뒤 브리튼님을 어찌하셨습니까? 서로 어깨동무를 하며 격려라도 했다 말씀하시겠습니까?"

훈텐백작이 말했다.

"브리튼님의 상처가 깊기에 싸움을 멈추고 헤어졌습니다. 그 후의 행방은 저도 아는바가 없습니다. 생각해 보십시오. 저와 브리튼님이 만난 건 왕자님께서도 알고 있는 사실이었습니다. 만약 우리가 반드시 생사를 겨루어야만 했던 상황이라면 왕자님께서 어찌하여 그간 저를 추궁하지 않으셨겠습니까?"

"듣고 보니 맞는 말입니다. 룬남작이 브리튼님을 직접 시해하는 장면을 본 사람이 없는 이상 정황을 놓고 판단할 수밖에 없는 문제가 되었습니다. 그러니 브리튼님과 룬남작이 만난 이유가 무엇인지는 이 재판을 결정짓는 데 가장 중요한 요소일 것입니다. 이제 왕자님께서 말씀을 해주셔야겠습니다. 두 분은 무슨 이유로 만난 겁니까?"

런데이백작이 말했다. 그는 의회의 한명이나 중립을 지키는 인물로 정사에 크게 관여하지 않는 사람이었다.

의회에 나오는 것도 드문데다 발언을 하는 경우는 더 더욱 드물었다. 그런 그가 재판에 모습을 드러내고 발언까지 하니 이목이 쏠릴 수밖에 없었다.

"으음…."

데이미안은 그 이유를 밝히고 싶지 않은 지라 낮게 신음을 흘렸다. 그 이유를 말하게 되면 스위프트와 룬의 관계, 그럼에도 그것을 묵과해준 일, 더 나아가 근위대를 움직이고 제국의 세작이 남아 있다는 사실까지 꼬리에 꼬리를 물고 이어질 가능성이 높았다.

"대답을 미루니 답변의 당사자를 바꾸지요. 두 분은 왜 만나신 겁니까?"

런데이의 시선이 룬에게 향했다.

룬의 대답은 들려오지 않았다. 마치 곤란 한 듯 머뭇거리는 것처럼 보이지만 사실 데이미안이 어떻게 반응을 하고 있나 속으로 조소를 지으며 기다리고 있는 중이었다.

재판이 어렵게 진행되는 데는 데이미안의 영향이 컸다. 그가 좀 더 훈텐백작을 경계하고 강력하게 룬을 비호했다면 이렇게 재판이 어렵게 흘러가지는 않았을 것이다. 데이미안을 곤란하게 만든 건 침묵에 대한 모종의 시위였다. 물론 이는 룬에게도 좌충수가 될 수 있었다. 하지만 데이미안이라면 절대 이 자리에서 말을 하지 않을 거란 확신이 있었다.

데이미안은 전에 없던 날카로운 눈으로 룬을 노려보고 있었다.

"대답을 미루시면 두 분이 만난 이유가 훈텐백작님의 말한 것과 같은 것이라고 밖에 생각할 수 없습니다. 정말 그러한 것입니까?"

역시 대답은 들려오지 않았다.

-두 분은 왜 만나신 겁니까? 은밀히 브리튼님을 죽일 이유가 아니면 사람들의 시선이 닿지 않는 모리튼산맥에 만날 이유가 무엇입니까?

-기사에 준하는 사병이 대동되었다고 하던데 우리가 모르는 다른 죄를 지어 쫓기고 있던 건 아닙니까?

-같이 뜻을 도모하려 하다 틀어져 칼부림이 일어난 건 아닙니까?

침묵이 길어질수록 갖가지 억측들이 나왔다. 이대로라면 정말 룬이 범인으로 몰리는 상황이 될 것만 같았다. 물론 그 와중에도 룬의 얼굴에는 여유가 흘렀다. 데이미안이 그 좋은 머리로 이 상황을 타개할 아주 멋진 묘수를 내놓으리라 믿어 의심치 않았던 것이다.

한편 저 구석 한편에서는 발을 동동 구르며 안절부절하지 못하고 있는 인영 하나가 있었다.

'안 돼. 이대로 있다가는 룬님이 정말 범인으로 몰리고 말거야… 더 이상 그냥 두고볼수만은 없어.'

룬의 마음도 모르고 가슴을 졸이고 있는 그녀는 다름 아닌 이자벨리아였다. 공개재판이 열린다는 소식을 듣고 아카데미수업도 제낀 채 이렇게 찾아온 그녀였다.

그녀는 수세에 몰리는 룬을 보며 마침내 모종의 결심을 했다. 그녀의 발이 조급하게 장내로 향했다.

"그 이유는 제가 말씀드리겠어요."

"공주님!?"

이자벨리아의 등장은 실로 의외인 것이라 사람들의 이목이 순식간에 그녀에게 쏠렸다. 그녀는 얼마 전까지만 해도 몇몇 인사를 제외하고는 얼굴도 제대로 알려지지 않은 상태였다. 이후 공식적으로 활동하기는 했지만 여전히 모습을 보기 힘든 사람 중 한명이었다. 그런 그녀가 불쑥 공개재판장에 나타나니 흥미가 생기는 건 당연지사였다.

"룬남작과 숙부님이 만난 이유는 제 혼사문제 때문이에요."

너무나 뜻밖의 말이라 사람들은 잘 못 들은 것이 아닌가 귀를 의심했다.

누구에게나 놀랍기 그지없는 이야기지만 당사자보다는 덜 할 것이었다.

룬은 어찌할바를 몰라 눈만 끔뻑거렸다.

"혼사 때문이라니… 제 상식으로는 도저히 이해할 수가 없군요. 자세히 설명을 해주시겠습니까?"

훈텐백작이 말했다.

"저는 여태껏 룬남작에게 몇 차례 구애를 해왔어요. 하지만 매번 퇴짜를 맡기 일쑤였죠. 보다 못한 숙부님께서 혼쭐을 내줘야겠다며 룬남작님을 찾아갔어요. 도리어 역으로 당하는 상황이 발생할지는 몰랐지만 아무튼 백작님이 말씀하신 이유 때문에 찾아간 건 아니었어요."

"그런 이유 때문에 병사를 거느리고 오러블레이드까지 사용했다는 건 납득하기 힘들군요."

"그만큼 괘씸한 마음이 컸다는 반증이겠지요. 오러블레이드까지 사용한 건 저도 모르는 사실이었지만 아무튼 숙부님은 룬남작을 만나고 와서 제게 미안하다는 말까지 남겼어요. 죽은 사람이 어찌 저를 만나러 왔겠어요. 아무튼 떠들고 다닐 일이 아니라 숨겼을 뿐이지 다른 의도가 있었던 건 아니에요."

"공주님의 말이 사실입니까?"

그 물음에 데이미안도 룬도 대답을 할 수 없었다. 너무 당황하여 어찌할 바를 몰라 대답을 못한 것이지만 침묵은 곧 긍정이라 사람들은 생각하였다.

"왕자님께서는 그 모든 것을 알고 계셨음에도 어찌하여 재판이 열리도록 두고만 보신 겁니까?"

데이미안은 이자벨리아의 독단적인 행동에 머리가 아파와 즉각 대답을 할 수 없었다. 평소 발랄하고 말괄량이 이기는 했지만 큰 사고를 치지는 않던 그녀였다. 그런데 하필 많은 사람들이 보고 있는 앞에서 사단을 벌이고 말았다.

한낱 변방의 자제에게 구애를 하다 괘씸한 마음에 병사까지 거느려 위협을 가했다 하더라… 낯부끄러워 대소 신료들의 얼굴을 볼 수 없는 일이었다.

"훈텐백작이 내민 정황이 그럴 듯 하여 아무 이유없이 물릴수 없었습니다. 그리고 아주 작은 가능성이라도 배제하고 싶지 않았습니다. 숙부님이 룬남작을 만난 뒤 공주를 찾아간 사실을 알았다면 사전에 막았을 겁니다. 제 불찰입니다."

"공주님이 룬남작에게 구애를 한 사실을 숨기고 싶은 마음에 벌어진 사단이군요. 어찌됐건 그 사실을 숨기는 바람에 많은 사람들이 귀중한 시간을 허비해 버리고 말았습니다. 여러상황을 놓고 봤을 때 이 재판은 더 이상 의미가 없을 것 같군요."

침묵을 지키고 있던 토레논이 모처럼 입을 열었다.

훈텐백작은 말이 없었다. 토레논의 말에 딱히 반론을 가하는 사람도 없었다. 재판은 공주가 룬에게 구애를 한 사실을 숨기기 위해 벌어진 작은 헤프닝으로 끝이 나고 있었다.

그런데 그때 룬이 말했다.

"잠깐. 아직 할 말이 남아 있습니다."

주위의 시선이 룬에게 향했다.

"백작님께서 저를 눈에 가시처럼 여기는 건 알 만한 사람은 다 아는 사실입니다. 그런 와중에 공교롭게도 브리튼님의 시신이 백작님에 손에 들어갔습니다. 이곳에 계신 대부분은 브리튼님이 행방불명되었다는 사실조차 모르고 있었습니다. 그런데 시기적절한 시기에 시신이 백작님의 손에 들어갔으니 이상한 일이 아닙니까?"

일리 있는 말이라 좌중들이 동요하기 시작했다.

상황이 얘기치 않게 흘러가자 훈텐백작이 조금 당황하였다.

"시신을 가지고 와 정황을 말해준 것은 수석마법사님이셨습니다."

"이곳에 있는 누구도 수석마법사님이 시신을 백작님에게 주는 것을 본 사람은 없습니다."

"그럼 수석마법사를 직접 이 자리로 데려와 물어보면 되겠군요."

내친김에 훈텐백작은 융커를 불러들였다. 마음한편에 착잡했다. 룬을 궁지로 몰아넣기 위해 열린 재판에서 오히려 변호를 해야 될 상황에 놓이다니….

잠시후 융커가 장내에 모습을 드러냈다. 그는 룬을 마주치고는 어쩔 줄 몰라 안절부절하였다.

그런데 그때 융커의 귓가에 룬의 음성이 들려왔다. 융커는 지난번 룬에게 당한 고통이 너무 극심해 환청이 들리는 지경에 이른 게 아닌가하는 생각을 했다.

하지만 가만히 듣고 보니 이는 환청이 아니었다. 융커는 룬의 이야기를 들으며 연신 고개를 끄덕였다. 이를 본 사람들이 융커를 보며 고개를 갸웃거렸다.

앞에 아무도 없는 데 마치 누군가의 말을 듣는 것처럼 연신 고개를 끄덕이고 있으니 당연히 이상해 보일 수밖에 없었다.

융커를 본 훈텐백작은 당장이라도 말을 꺼내고 싶었으나 일부러 그가 온지도 모르는 것처럼 가만히 있었다. 아무래도 자신보다는 다른 사람이 먼저 질문을 던지는 게 좀 더 설득력이 있을 거란 생각이었다.

훈텐백작의 생각을 읽은 것인지 두어른백작이 융커에게 추궁하듯이 현 상황에 대해 물었다. 그러자 융커가 얼른 대답했다.

"그렇습니다. 훈텐백작님에게 브리튼님의 시신을 건네주고 룬남작이 범인일 수도 있다고 지목한 건 저입니다."

훈텐백작의 얼굴이 의기양양하게 변했다.

"왜 시신을 훈텐백작님에게 가져가신 겁니까?"

룬이 말했다.

"그건 훈텐백작님께서 법무부의 장이시기 때문입니다."

"훈텐백작님께서 법무부의 장이기는 하나 최종권한은 왕자님에게 있고 게다가 혈족지간임을 생각하면 응당 왕자님에게 알리는 것이 마땅할 텐데요?"

"당시 급한 용무가 있어 훈텐백작님에게 말한 겁니다. 후로 훈텐백작님께서 말을 전했기 때문에 굳이 중복해서 말할 필요가 없던 것이고요."

"이제 의문은 다 풀렸습니까? 아니면 아직 더 해명 할 일이 남아 있는 겁니까? 이곳은 룬남작의 죄를 다루기 위해 마련된 자리입니다. 분탕질로 본질을 흐리는 것은 용납할 수 없습니다. 더 오고갈 이야기가 없다면 재판을 이만 마치는 것으로 하죠."

그 말에 재판은 끝이 났다. 원래 공개재판은 참여자들의 찬반으로 죄가 갈리게 되는 데 이 경우 완전히 무죄가 입증이 되었기에 표결을 할 필요도 없었다.

그렇게 브리튼님의 죽음은 베일에 가려진 채 재판은 끝이 났다. 재판이 끝나자 경비병이 꽁꽁 묶여진 쇠사슬을 풀러왔다. 쇠사슬을 풀기 위해 열쇠를 꽂던 경비병의 얼굴이 심상치 않았다

'분명 오러블레이드를 사용했었는데… 마나가 제어된 쇠사슬에 묶이고도 어떻게 오러를 발생시킨 거지… 생각해 보니 검조차 들고 있지 않았구나… 대체 어떻게 된 거지?'

룬의 행동이 너무나 자연스러워 누구도 이상하게 생각하지 않고 있던 것이다. 경비병 역시 룬의 쇠사슬을 풀지 않았다면 인식조차 못했을 것이다.

"열쇠가 맞지 않습니까?"

그렇게 말을 한 룬은 경비병이 들고 있던 열쇠에 쇠살을 가져가 직접 풀었다. 룬은 벙쪄 있는 경비병을 뒤로한 채 앞으로 걸어나갔다. 쇠사슬이 풀리자 손이 한결 개운했다.

그런데 그때 돌연 웅성거리는 소리가 일파만파로 퍼졌다.

룬이 급히 그곳으로 가보니 이자벨리아가 가쁜 숨을 내쉰채 쓰러져 있었다.

"의원… 의원을 불러라."

데이미안이 다급하게 외쳤다. 이자벨리아의 얼굴은 붉게 물들다 못해 파랗게 질려 있었고 심줄이 터질 듯 부풀어 오르기 시작했다.

그를 본 룬이 다급하게 이자벨리아에게 다가갔다. 가까이서 보니 이자벨리아의 상태는 더욱 처참해 보였다.

대기라도 하고 있었던 듯 의관이 바로 도착했다. 의관

은 응급조치를 하려는 듯 이자벨리아의 이곳저곳을 살폈다. 룬은 이자벨리아를 보며 고개를 갸웃거렸다. 증상을 봐서 단순한 발작 같지는 않아 보였다.

이자벨리아의 주위에는 룬만이 감지할 수 있는 희미한 기운들이 보였다. 희미하지만 그 안에 깃든 힘은 어마어마하여 감히 룬으로써도 감당하기 힘들 정도였다.

'설마 구양절맥?'

룬은 오래전 사부가 해주던 말이 떠올랐다.

-너는 온 몸에 음기가 가득한 특이한 체질이다. 이를 구음절맥이라 하는 데 여자가 아닌 남자가 구음절맥을 앓는 경우는 굉장히 희귀한 경우다. 이름에 절맥이란 것은 절명을 한다는 뜻인데 이는 음기가 차올라 몸이 견디지 못하기 때문이다. 허나 너는 내 마나연공으로 음기를 갈무리하여 절명을 피할 수 있다. 물론 음기가 가득찼기에 일반적인 여인과는 상극으로 여자를 멀리 하지 않으면 화를 면할 수 없는 운명이다.

-그럼 저는 평생 여자를 만날 수 없다는 말입니까?

-너와같이 본인의 성과 정 반대 되는 기운을 타고난 여인을 만나면 된다. 그렇게 되면 음양이 조화를 이루어 백년해로 할 수 있을 거다. 허나, 구양절맥이든 구음절맥이든 절명할 운명을 피할 수 없으니 만나기란 하늘에 별 따기 일거다.

'구양절맥이라면 나와는 천생연분… 헌데 어찌하여 한 눈에 알아보지 못한 거지?'

잠시 생각을 하고 있는 사이 이자벨리아의 상태는 더욱 더 심각해졌다.

데이미안은 초조함에 주변의 시선도 잊고 발을 동동 굴렀다. 발작을 일으킬 때면 무사히 지나가는 경우가 거의 없었지만 오늘은 그 상태가 유독 심해 보였다.

'이대로 두다간 사단이 나고 만다. 나는 음기를 타고났으니 내가 손을 쓴다면 고칠 수 있을 거야.'

룬은 의관을 밀친 다음 한쪽 무릎에 그녀의 머리를 올려놓은 채 자리에 앉았다.

"뭐하는 짓이냐?"

데이미안의 음성은 날카롭기 그지없었다. 어떤 상황에서도 침착함을 잃지 않던 그였지만 누이의 처참한 모습 앞에서는 여느 사람과 다를 바가 없어 보였다.

"이대로 두면 죽고 말 겁니다."

"너는 고칠 수 있단 말이냐?"

"……."

확신은 할 수 없었다. 룬은 그 물음을 대신해 그녀의 맥을 짚었다. 맥을 짚으니 과연 양기가 몸에 차오르고 있었다. 그 양을 보건데 이대로 두었다가는 온 몸을 뒤덮어 화를 면치 못할 기세였다.

룬은 리커버리를 시전했다. 찬란한 빛이 그녀의 몸을 감쌌다. 단순히 체력을 회복시켜주는 힐링에 비해 리커버리는 부러진 뼈를 붙인다거나 질병을 고쳐줄 수도 있는 고위 마법이었다.

하지만 구양절맥이라는 희대의 병 앞에서는 별다른 힘을 쓰지 못했다. 그래도 곧 숨이 넘어갈 듯 위태로웠던 것이 조금은 진정 되기는 했다.

"소용없습니다. 아무리 리커버리가 고위 마법이라 해도 일시적으로 발작을 완화시켜줄 뿐 치료가 되는 건 아닙니다."

이미 이자벨리아의 발작을 겪어본 융커가 초조하게 다가와 조언을 했다.

"스트렝스."

룬은 융커의 말을 무시하고 스트렝스를 시전했다. 양기와 상관없이 몸이 상하는 것을 방지한 것이다. 또 음기와 조화를 이룰 때 뜻하지 않은 충격에 보다 잘 견디기 위함이었다.

룬은 역류하려는 이자벨리아의 양기를 마나로 억눌렀다. 처음에는 미친 듯 날뛰던 양기가 잠잠해 지는 듯 했다. 하지만 시간이 지나자 룬의 마나를 흡수하여 곱절은 더 사납게 이자벨리아의 몸을 지배하기 시작했다.

마나에 누구보다 민감한 융커가 그 광경을 보며 눈빛

을 빛냈다.

'간접적인 방법으로는 부족해… 음양의 조화를 가장 확실하게 이루는 방법은 정을 나누는 것이기는 한데….'

주변에는 수많은 사람들이 모여 있었다. 이런 와중에 정을 나눈다는 것은 말이 되질 않았다.

"헉헉."

룬이 잠시 머뭇거리는 사이 이자벨리아의 상태는 급격하게 나빠졌다. 룬이 마나를 불어 넣었지만 조금의 차도도 보이지 않았다.

'하는 수 없군.'

룬은 돌연 이자벨리아에 입을 맞추었다. 입을 통해 룬의 기운이 이자벨리아에게 흘러들어갔다.

"뭣하는 짓이냐."

데이미안이 거칠게 룬을 띠어냈다. 이자벨리아와 입을 맞추는데 정신이 팔려 있던 룬은 그대로 고꾸라졌다. 비록 바닥에 내팽개쳐졌지만 룬은 내심 안도했다. 자신의 음기를 불어 넣어 줬으니 고비는 넘겼을 터였다. 그렇게 이자벨리아를 보는데 룬의 생각과 달리 그녀의 상태는 더 더욱 처참하게 변해 있었다.

'이게 어찌된 일이지. 입을 맞추어 내 기를 불어넣어 줬는데 왜 상태가 더 심각해 지고 있는거지…아차, 몸이

바뀌면서 내가 가지고 있던 고유의 기운마저 변해 버린 것이구나.'

이자벨리아는 현재 양기가 넘쳐흐르는 상황이었다. 그런 와중에 양기를 불어 넣었으니 불난 집에 기름을 퍼부은 격이되고 말았다.

"여자… 여자 마법사가 있어야 합니다."

"비켜라."

"이대로 가다간 신디아님은 죽고 말겁니다. 어차피 다른 방도가 있는 것도 아니지 않습니까? 이렇게 실랑이를 벌일 시간이 없습니다."

데이미안이 의관의 얼굴을 보니 고개를 내젓고 있었다. 융커 역시 마찬가지였다.

"여마법사를 불러와라. 만약 이 아이에게 문제가 생긴다면 죽음을 면치 못할 것이다."

룬은 물에서 건저주려 하니 으름장을 놓는 데이미안의 태도에 심기가 불편했으나 자신의 실책으로 이자벨리아의 상태를 더욱 악화시켰으니 참고 넘어갔다.

잠시 후 여마법사 한 명이 장내로 들어왔다.

"좀 더 고위마법사는 없습니까? 3써클 마법사로는 부족합니다."

"그래플아카데미의 제이미교관님께서 왕궁에 와계십니다. 연통을 넣었으니 금방 오실 겁니다."

융커가 대답했다. 룬은 고개를 끄덕인 뒤 여마법사를 불렀다. 여마법사는 룬에게 가까이 다가왔다. 룬은 그녀를 신디아의 옆에 앉게 한 자신의 손을 잡게 했다.

'겉모습만 보고 실력을 파악하기 위해서는 상대보다 훨씬 고위 마법사일 경우일 텐데 이 자는 검사의 몸으로 내가 3써클이라는 걸 어찌 안 걸까? 나를 알고 있던 걸까?'

호기심 많은 마법사라지만 상황이 상황인 만큼 그 궁금증은 가슴에 묻기로 했다.

"마나가 빠져나가는 게 느껴질 겁니다. 생명에 지장은 없으니 당황하지 말고 마나가 빠져나가는 걸 막으려 하지 마세요. 그리고 절대 말을 해서는 안 됩니다. 말을 하게 되면 당신뿐만 아니라 저와 신디아님까지 위험에 처할 수 있습니다."

여마법사가 고개를 끄덕였다. 마나가 빠져나간다 하니 불안하기는 했지만 보는 눈이 많으니 안심이 되었다.

잠시 후 룬의 말대로 마나가 빠져나가는 것이 느껴졌다. 사부에게 전수받은 흡성대법이란 수법의 묘리를 이용해 마나를 빼온 것이다. 룬은 그녀의 몸에서 흡수한 마나를 이자벨리아에게 흘려보냈다.

음기란 사부의 표현을 빌리자면 선천지기. 즉 소울에너지로 타고난 기를 뜻했다. 하여 마나와는 엄밀히 말해 다른 개념이었다.

하지만 마나와 소울에너지는 딱딱 구분되어 몸에 퍼져 있는 것은 아니었다. 그래서 마나를 흡수하면서 자연히 소울에너지까지 흡수할 수 있던 것이다.

룬이 이자벨리아에게 여마법사에게서 흡수한 기를 불어넣어주자 얼마 지나지 않아 안색이 눈에 띄게 좋아지기 시작했다. 이대로 조금만 더 있으면 안정을 찾을 것 같았다. 그런데 좋아지는 이자벨리아의 상태와 상반되게 여마법사의 얼굴은 피죽이 되어 가고 있었다.

'이런 벌써 마나가 고갈 되고 있구나.'

이대로 가다간 이자벨리아가 아니라 여마법사가 먼저 절명할 지경이었다. 하는 수 없이 룬은 마나를 흡수하는 것을 멈춰야 했다.

"왜 멈추는 것이냐?"

데이미안이 다급하게 물었다.

"더 이상은 무리입니다."

룬이 여마법사를 가리키며 말했다.

"제이미님은 아직 멀었습니까?"

"이제 곧 올 겁니다."

"흐음…."

곤란한 신음을 흘리던 룬을 여마법사를 보았다. 거무죽죽하게 변한 얼굴에는 생기가 전혀 없었다.

룬은 그녀의 등 뒤로가 손을 얹었다.

"절대 말을 해서는 안 됩니다."

여마법사는 그렇지 않아도 한계에 봉착한 듯 한데 룬이 다시금 일을 진행하려 하자 흠칫거렸다. 하지만 방금과는 정반대의 상황이 벌어졌다. 룬의 손을 타고 따스한 기운이 흘러들어오는 것이다. 그에 따라 차츰 생기가 돌아오기 시작했다. 얼마 지나지 않자 처음 상태 그대로 되돌아 왔다.

여마법사는 깜짝 놀란 눈으로 룬을 보았다. 그리 많은 경험을 한 건 아니지만 타인의 마나를 빼오거나 반대로 주입해준다는 건 들어 본적도 없는 일이었다. 단번에 자신의 실력을 파악한 것도 그렇고 예사인물이 아니라는 확신이 들었다.

"다시 손을 잡아 드릴까요?"

룬에게 신뢰가 생긴 것인지 오히려 그녀가 더 적극적으로 나섰다. 한 나라의 공주를 치료하는 데 공을 세우는 것이니 신뢰가 생긴 이상 몸을 사릴 이유는 없었다.

"아니, 더는 필요 없습니다."

그녀의 몸에는 룬이 불어넣어준 마나로 가득 찼다. 그것을 다시 빼내 이자벨리아에게 전해주는 것은 의미가 없었다. 여마법사가 조금은 아쉬운 표정을 지었다.

잠시간 소강상태가 이어졌다. 안정을 찾던 이자벨리아

의 상태가 다시금 나빠지기 시작했다.

"제이미님은 아직 인가?"

데이미안이 다급하게 말했다.

"마침 저기 오는군요."

"찾으셨습니까?"

제이미가 데이미안에게 다가와 예를 차렸다. 그녀는 그래플아카데미의 마법수석교관이자 왕국 유일 여대마법사였다. 희소한 여마법사인데다 나이까지 그리 많지 않아 앞으로도 발전가능성이 무궁무진했다.

데이미안이 다급하게 현재의 상황을 설명했다. 데이미안의 이야기를 다 들은 제이미가 의심스러운 눈초리로 룬을 바라보았다.

그때 여마법사가 다가와 제이미의 귀에 대고 말을 하였다. 방금 있었던 일을 간략하게 설명해 준 것이다. 그러자 제이미의 얼굴에 의심의 눈초리가 더욱 짙어졌다. 하지만 곧 흥미가 일었다.

그녀는 이자벨리아의 옆으로 가 앉아 어디 어떻게 하나 보자는 얼굴을 하였다. 룬이 그녀의 옆에 앉았다. 그리고 그녀의 손목을 잡았다.

"마나의 흐름을 억지로 막아서는 안 됩니다. 그리고 절대 말을 해서는 안 됩니다."

제이미가 고개를 끄덕였다. 룬은 흡성대법의 묘리를

이용해 그녀의 마나를 흡수하기 시작했다. 그런데 방금 여마법사처럼 순조롭게 일이 진행되지 않았다.

마치 벽에 막힌 듯 그녀의 마나가 어느 부분에서 멈춰버린 것이다.

그렇다고 그녀가 룬의 말에 반해 억지로 마나의 흐름을 막은 건 아니었다.

본인의 마나가 유출 되는 것을 막는 것은 의지와 상관없는 본능과 같은 것이었다. 방금 전 여마법사의 경우 수준이 높지 않았기에 룬의 흡성대법을 저항하지 못했지만 그녀는 5써클에 다다른 대마법사였다.

"아무래도 당신의 능력으로 저를 감당하기란 무리인거 같군요. 방법을 알려주세요. 그럼 제가 직접 해보도록 하죠."

그녀는 룬의 말을 어기고 입을 열었다. 대법이 진행 될 때 말을 하면 안 된다는 이유는 마나의 흐름이 흩어져 자칫 심각한 내상을 입을 수도 있기 때문이었다.

그녀는 비록 룬이 부리는 술수가 정확히 무엇인지는 모르나 대마법사인만큼 입을 열지 말라는 이유를 짐작할 수 있었다.

하여 마나가 움직이지 않고 있으니 입을 열어도 무방하다고 판단한 것이다.

"아니요. 그럴 시간이 없습니다."

"정확히 무슨 수를 쓰는 건지는 모르지만 제 마나를 제어하기 위해서는 저보다 위에 있으셔야 할 거예요. 약한 사람이 강한사람을 제어할 수 없다는 건 너무나 당연한 일이니까요."

"정말 이제는 말을 하시면 안 됩니다."

"고집을…."

룬에게 훈계를 하려던 제이미는 깜짝 놀라 말을 멈추어야 했다. 벽에 막힌 듯 움직이지 않던 마나가 어느새 손을 타고 룬에게 흘러가고 있던 것이다.

'타인의 마나를 제어하는 것도 놀라운 데 5써클 대마법사인 내 마나마저 움직이다니… 이게 대체 어떻게 된 일이지?'

그녀는 룬을 자세히 살폈다. 서로 손을 잡고 마나를 공유했기에 더욱 자세히 느낄 수 있는 상태였다. 하지만 캄캄한 방에 들어선 듯 한치 앞도 알 수가 없었다. 마치 아무것도 없는 백지와 같았다.

'손을 잡고 있음에도 아무것도 느낄 수 없다는 건 이자의 실력이 나보다 뛰어나기 때문인가? 이제 막 성인이 된 거 같은데 5써클인 나를 뛰어넘었다고? 말도 안 돼. 가만… 그러고 보니 이자 마법사도 아니지 않던가….'

생각을 하고 있는 사이에도 마나는 급격하게 빠져나갔다. 급격하게 빠져나가는 마나만큼 이자벨리아의 혈색도 점점 좋아지고 있었다.

'양기를 완전히 제압하지 못한다면 다시 발작이 시작되고 말거야. 손을 타고 흘려보내는 건 불필요한 마나를 너무 많이 흘려야 하기 때문에 한계가 있어. 이대로는 안 돼.'

룬은 제이미에게서 흡수한 마나를 곧바로 이자벨리아에게 보내지 않고 본인의 몸에 저장을 해두었다. 그렇게 제이미의 마나가 거의 바닥을 들어낼 때까지 마나를 모아만 두었다.

마침내 대법이 끝나자 룬은 모든 기운을 입술에 집중시켰다. 그리고 이자벨리아에게 입을 맞추었다. 룬의 입을 타고 제이미에게서 흡수한 음기가 자연스레 이자벨리아에게 전해졌다.

룬의 돌발적인 행동에 데이미안은 주먹을 꽉 쥐었다. 하지만 룬이 입을 맞추자 눈에 띄게 좋아지는 이자벨리아의 혈색을 보며 차마 제지할 수 없었다.

그런데 그때 어디선가 노기 어린 목소리가 들려왔다.

"이게 뭐하는 짓인가."

다름 아닌 르니에르국왕이었다.

"당장 저놈을 붙잡아라."

국왕의 말에 다들 우물쭈물하였다. 바보가 아닌 이상 룬이 이자벨리아를 치료하고 있다는 것쯤은 알고 있었다.

하지만 그렇다고 국왕의 말을 거역할 수도 없는 노릇이었다.

경비병들이 막 움직이려 할 때였다. 마침내 룬이 이자벨리아에 입술을 때었다. 어느새 이자벨리아의 혈색은 정상으로 돌아와 있었다. 정신을 잃고 있었지만 숨도 고르고 부풀어 올랐던 심줄도 안정을 되찾았다.

스릉! 르니에르국왕이 검을 꺼내 룬의 목전에 겨누었다.

"네 이놈! 네놈이 감히 한 나라의 공주를 희롱하고도 살아남길 바랬더냐."

룬은 목전에 검이 있음에도 당황한 기색 없이 예를 갖추었다.

"국왕전하를 뵈옵니다."

그 모습이 르니에르국왕을 더욱 분노하게 만들었다.

"고정하시옵소서. 저는 단지 공주님을 치료하려 하였을 뿐 다른 의도는 없었사옵니다."

"입을 맞추어야 되는 치료법이 있다는 이야기는 들어본 적도 없다. 치료를 핑계로 사사로운 야욕을 채운 것이 아니더냐."

르니에르국왕의 음성은 쩌렁쩌렁했다. 혈색도 좋고 풍채도 우람한 것이 데이미안에게 왕권을 미리 승계할 만큼 몸이 좋지 않다는 소문과 상반된 모습이었다.

"만약 그랬다면 이곳에 계신 대신들께서 어찌 두고만 보고 계셨겠습니까? 하물며 왕자님마저 제 행동을 묵과해 주셨다면 그만한 이유가 있는 게 아니겠습니까?"

"닥쳐라! 왕자가 묵과해주었다고 하여 네 행동이 정당화 되는 것은 아니다. 너는 대소신료들이 보는 앞에서 혼인도 하지 않은 처녀에게 입을 맞추었다. 이를 어떻게 책임질 것이냐."

물에서 구해줬더니 보따리 내로라더니 지금이 딱 그 짝이구나. 룬은 속으로 생각했다.

"송구하오나 저는 그저 공주님을 치료해야 한다는 생각뿐이라 그 후에 대해서는 생각해 본바가 없습니다."

"쯧쯧. 가녀린 여인의 몸으로 사람들의 비난거리가 됨을 마다하지 않았건만 사내대장부가 되어 도망을 가려 하다니 비겁하기 이를 데 없구나. 너희들은 뭣들 하느냐 당장 이 아이를 의관실로 옮기고 왕자는 나 좀 봐야겠다."

한창 룬에게 으름장을 놓던 국왕이 돌연 자리를 벗어났다. 당장이라도 끝장을 볼 것같더니 돌연 사라져 버리는 국왕의 태도를 이해하기가 힘들었다. 아무튼 국왕의 퇴장으로 상황을 종료 되었고 사람들은 서서히 흩어졌다.

그중 룬의 쇠사슬을 풀어주었던 경비병이 훈텐백작에게 다가갔다. 그리고는 방금 있었던 일에 대해 말을 하기 시작했다.

"그러고 보니 그렇군요. 마나를 제어하는 수갑에 채워진 것은 그렇다 쳐도 검도 없이 오러블레이드를 시전 하다니요…."

이야기를 듣던 두어른백작이 맞장구를 쳤다.

"혹여 조작을 한 게 아닙니까?"

그라센백작이 두어른백작의 말에 동조했다.

"정말 그럴 수도 있을 것 같습니다. 소드마스터에 올랐다면 검사로써 더 없이 영광스러운 일입니다. 이를 숨겼을 리 만무하니 거짓된 영광을 누리기 위해 속임수를 쓴 겁니다."

"허영심을 채우고자 목숨을 걸만큼 바보는 아닐 겁니다. 무엇보다 무슨 수를 쓴들 특수수갑을 차고 있었다는 것은 변함이 없습니다."

훈텐백작이 말했다.

"허허… 그렇다면 대체 어떻게 된 노릇일까요."

"아주 간단해요."

갑작스런 제이미의 등장에 세 명의 시선이 동시에 그쪽으로 향했다. 그녀는 천천히 세 명을 향해 걸어오고 있었다.

"간단하다니 그게 무슨 말입니까?"

훈텐백작이 물었다.

"마법이죠."

"마법? 그럼 마법사가 숨어 있었다는 말입니까?"

"아니요. 그 본인이 마법사라는 이야기에요."

"!?"

"허허. 수석교관님께서 뭔가 착각을 하신 거 같은데 그는…."

"알아요. 리오도르님의 검술특기생으로 들어갈 만큼 검술에 조예가 깊다는 걸."

"그렇다면 지금 제이미님의 말이 얼마나 터무니 없는 건지 잘 아시겠군요."

"왜죠?"

"그야 본인 입으로 방금 말씀하시지 않았습니까?"

제이미가 씨익 웃더니 옆에 있던 경비병에게 다가갔다. 그리고 그의 검을 천천히 꺼내 들었다. 경비병은 갑작스런 제이미의 행동에 당황하여 반항을 하려 했지만 제이미의 속박 마법에 의해 꼼짝도 할 수 없어 검을 내줘야 했다.

제이미는 어설픈 동작으로 검을 몇 차례 휘둘렀다. 그리고 다시 경비병에게 검을 건네 준 뒤 속박마법을 풀어주었다.

"어떤가요? 저는 마법사인데 검을 휘둘렀으니 말이 안 된다 하실 건가요?"

"그런 차원의 문제가 아니라는 걸 아시지 않습니까?"

"아까 거대한 마나의 파동을 느꼈어요. 엄청난 대마법의 기운이었죠. 룬남작이 선보였던 건 오러블레이드가 아니라 마법이었을 거예요. 게다가 공주님의 몸에 강력한 치유 마법의 기운이 느껴졌어요. 무엇보다 마법사가 아닌 이상 마나를 그렇게 자유자재로 사용할 수는 없어요."

"그럼 룬남작이 역사상 얼마 되지 않는 마검사라도 된다는 말입니까?"

"아마도요."

"……."

제이미의 이야기를 듣던 세 명이 동시에 서로의 얼굴을 바라보았다.

"말이 되지 않습니다."

"뭐가 말이 안 된다는 거죠? 마검사는 실존했고 그것이 룬남작이지 말라는 법은 없어요. 오히려 저는 그가 검을 사용하는 것을 보지 못했기에 검사라는 사실을 믿을 수 없을 지경이에요. 하지만 이미 많은 사람들이 그가 뛰어난 검사라는 걸 알고 있으니 여지없는 사실이겠죠."

"……."

세명은 여전히 말 없이 서로의 얼굴만 바라보고 있었다.

"아무래도 훈텐백작님께서는 적을 잘못 선택하신 거 같군요."

NEO FUSION FANTASY STORY & ADVANTURE

제 6 장

어른이 되어가고 있는 아이

제 6 장
어른이 되어가고 있는 아이

“네 누이가 마음에 두고 있다는 사내가 저치가 맞느냐?”

“그렇사옵니다.”

“쯧쯧. 저리 둔한 사내를 마음에 품고 있다니… 네 누이는 너와 달리 사람 보는 눈이 영 별 볼일 없구나.”

르니에르국왕이 혀를 차며 말했다.

“어찌하실 생각입니까?”

“너는 그놈의 가장 큰 장점이 무어라 생각하느냐?”

“영악함이라고 생각합니다.”

“역사상 얼마 되지 않는 마검사임에도 가장 큰 장점이 검술이나 마법이 아닌 영악함이란 말이더냐? 그렇다면 가장 큰 단점은 무엇이더냐?”

"그 역시 영악함입니다. 필요에 따라 거짓과 진실을 교묘하게 섞으며 본인의 이익을 위해서라면 대담한 일도 스스럼없이 저지르는 자입니다. 그럼에도 꼬리를 밟히지 않는 건 타인에게 절대 들키지 않는 치밀함, 또 들켜도 상대방이 손을 쓸 수 없을 거란 확신을 가지고 행동하는 영악함 때문입니다."

"영악함이 우리를 위해 쓰인다면 더 없이 든든하겠지만 아니라면 위험이 된다는 소리로 들리는구나. 그렇다면 고민할 필요 없겠구나. 잡거라."

"아버님!?"

데이미안이 눈을 동그랗게 떴다.

"그는 변방의 작은 가문의 자제입니다. 또한 귀족으로써 가져야할 기본적인 품위조차 지키지 않는 위인입니다."

"혈통은 너와 에일리아의 혼사로 완성하면 된다. 이자벨리아는 네 혼사로는 부족한 재능을 얻을 것이다. 뭐, 토레논가라면 재능 역시 부족한 것은 아니지만. 사실 마검사라는 타이틀만으로도 모든 부족한 것을 채워주고도 남음이 있을 거다."

데이미안의 얼굴은 좋지 못했다.

"왜? 마음에 들지 않는 것이냐?"

"그는 이자벨리아에게 마음이 없습니다."

"크하하!"

그 말에 국왕이 고개를 뒤로하고 웃어젖혔다.

"왕가의 여식에게 사랑은 사치일 뿐이다. 허나 이자벨리아를 치료하는 것을 보니 꼭 그렇지 만도 아닌 것 같구나. 대소신료들이 보는 앞에서 입을 맞추었다. 만약 그럼에도 치료를 하지 못했다면 돌아올 책임이 막중하였을 것이다. 그것을 감수하고도 이자벨리아를 치료했으니 마음 역시 남다른 것이 아니냐?"

"……."

르니에르국왕은 소파에서 일어나 미노타우르스의 머리 앞으로 갔다.

"네가 처음으로 이놈을 잡았을 때가 생각나는구나. 그때 네 숙부도 함께했었지. 이놈 머리를 들고 달려가 브리튼에게 자랑을 하던 것이 생각나는구나. 그때만 하더라도 우리의 관계가 이렇게 될 거라 생각지 못했는데… 그래, 브리튼의 죽음에 관해서 더 알아낸 것은 없느냐?"

데이미안은 브리튼과 관련된 사항에 대해 국왕에게 이야기 하기 시작했다. 그 중 룬과 관련된 이야기 역시 빠질 수 없었고 제국으로 건너간다는 이야기까지 자연스레 나왔다.

"네 숙부를 죽인 게 그치란 말이더냐?"

데이미안은 고개를 끄덕이며 본인이 방금 한 말을 물릴 것이라 생각했다. 하지만 뒤이은 국왕의 말은 정 반대의 것이었다.

“감히 왕족을 죽이고도 뻔뻔하게 왕궁에 나타나다니… 네 말대로 정말이지 대담하지 않느냐. 네가 모든 걸 알고 있음에도 손을 쓰지 않고 있다는 건 그만큼 치밀하게 일을 처리했다는 반증일 터… 좋구나, 아주 마음에 들어.”

“아버님!?”

“네게 부족한 게 무엇인지 아느냐? 바로 그러한 영악함이다. 물론 너의 머리는 왕국 전체를 통틀어서도 으뜸일 것이다. 하지만 그런 것과 영악함은 엄연히 다른 것이야. 이는 토레논 역시 만찬가지야. 그 아이는 우리에게 부족한 그늘진 면을 잘 채워줄 것 같구나.”

국왕은 소파로 돌아와 앉은 뒤 느긋하게 차를 한 잔 마셨다.

“그러기 위해서는 그 아이를 제국으로 보내는 것은 보류해야겠구나.”

“위험한 자입니다. 생각을 달리하십시오.”

“우리의 사람이 아닐 때는 위험하겠지. 하지만 같은 길을 간다면 더 없이 든든한 존재가 될 거야.”

“제국으로 가게 된다면 그 위험요소는 완전히 사라질 겁니다. 절대 살아 돌아올 수 없을 테니까요. 그를 대신할 수 있는 존재는 찾아보면 어디에든 있을 겁니다. 굳이 누이를 희생시킬 필요는 없습니다."

국왕은 데이미안을 빤히 바라보았다.

"내게 말하지 않은 무언가가 있구나."

"……."

"좋다. 나는 이제 일선에서 물러났으니 네가 알아서 하거라."

"감사합니다."

"이 르니에르왕국은 수많은 가문의 손에 의해 세워졌다. 때문에 왕권이 오롯이 확립될 수 없었다. 이것이 지속된다면 우리가 설 자리는 점점 작아질 것이고 결국 그들의 나라가 될 것이다. 내가 너에게 왕좌를 미리 물려주는 이유를 한시도 마음에서 잊지 말거라."

"명심하겠습니다."

"그래도 내가 한 번 그를 봐야겠구나."

룬은 왕궁을 떠나기 위해 이런저런 준비를 하고 있었다. 사실 빈손으로 와 있었기에 준비랄 것도 없었다. 다만 토르기사단이 아직 풀려나지 않았기에 그들을 기다려야 했다.

그런데 뜻밖에도 데이미안이 룬의 거처까지 직접 찾아왔다.

룬은 데이미안이 직접 올 거란 생각은 전혀 하고 있지 않았기에 조금 어정쩡한 자세로 그를 맞이했다.

"신디아… 아니 공주님께서는 무탈하십니까?"

"덕분에."

"다행이군요."

"사람들 앞이 아니라면 신디아라 불러도 상관없어. 그 아이 역시 그렇게 불리는 것을 원하니까."

"그러도록 하죠. 비록 고비는 넘겼지만 얼마 지나지 않아 다시 발작을 일으킬 겁니다."

"간간히 발작을 일으키긴 했지만 지난번처럼 심한 경우는 없었어. 다음 발작이 일어나면…."

"목숨을 부지하기 어려울 겁니다."

"흐음."

데이미안이 무거운 신음을 흘렸다.

"고칠 수 있나?"

"치료를 하는 도중 밀쳐 내지만 않는다면 말이죠."

데이미안의 눈썹이 꿈틀 거렸지만 별다른 말을 하지는 않았다.

"하지만 임시적인 처방만 될 뿐 완치는 아닙니다. 공주님의 병명은 구양절맥이라는 겁니다. 양기가 넘쳐 절명을 한다는 뜻이죠. 시간이 지나면 다시 양기가 차올라 발작이 시작 될 겁니다."

생소한 개념에 데이미안이 고개를 갸웃했다.

"양기란 쉽게 말해 남자 고유의 소울에너지라고 생각하시면 이해하기 편할겁니다. 남자가 타고난 것은 양기, 여자가 타고난 것은 음기입니다. 공주님은 여자임에도 남자의 소울에너지를 타고난 겁니다. 그것도 보통의 경우보다 아주 많이요."

르니에르왕국에는 없는 개념들이라 데이미안은 룬의 말을 제대로 이해할 수 없어 인상을 잔뜩 쓰고 있었다.

"이를 치료하기 위해서는 음기로 양기를 중화시켜야 합니다. 음양이 조화를 이룬다고 하는 데 쉽게 말해 남자와 여자가 사랑을 나누는 겁니다."

"그럼 결혼을 하면 된다는 얘기인가?"

남녀가 사랑을 해야 낫는 다는 병이 있다는 소리는 들어본적이 없기에 데이미안은 반신반의했다.

하지만 아무도 손쓰지 못했던 이자벨리아의 발작을 치료한 룬이기에 우스갯소리로 넘길 수 없었다.

"일반적이라면 그렇습니다. 하지만 공주님은 양기를 타고난 체질입니다. 일반적인 남자와 사랑에 빠진다면 오히려 불난 집에 부채질을 하는 격이 될 겁니다."

"그렇다면 이자벨리아와 마찬가지로 역 상성을 타고난

남자를 만나 사랑을 나누면 병이 나을 수 있다는 소리군?"

"그렇습니다."

치료법이 있다는 소리에 데이미안의 얼굴이 한 결 가벼워졌다.

"하지만 그런 남자를 만날 가능성은 거의 없습니다. 오래 산 건 아니지만 그런 남자를 만난 적은 아직 한 번도 없습니다."

구음절맥이나 구양절맥 자체만으로도 희소한 병이니 역상성의 절맥을 앓고 있는 사람을 만나기란 하늘의 별따기나 다름없었다.

티를 내지 않으려 했으나 데이미안의 얼굴에는 실망감이 여실이 드러났다. 룬이 무슨 말을 하는 지 전부 이해할 수는 없어도 불가능에 가깝다는 마지막말이 무슨 의미인지 정도는 알아들을 수 있었다.

"제가 전해들은 일반적인 방법으로는 그러하지만 다른 방도가 있을지도 모릅니다."

데이미안이 이야기를 해보라는 듯 눈빛을 반짝였다.

"더 강한 양기로 공주님의 양기를 몰아내는 겁니다."

"그 양기란 것이 넘쳐 절명을 할 지경에 이르는데 과연 그 여린 몸으로 버텨낼 수 있을까?"

"그건 장담할 수 없습니다. 하지만 가만히 두었다가는

어차피 죽음을 면치 못합니다."

"만약 내가 이자벨리아의 치료에 관한 모든 권한을 너에게 준다면 받아 들일 건가? 성공했을 때의 보상은 물론 실패했을 때의 책임까지 모두 준다면 말이야."

룬의 대답은 들려오지 않았다.

"적진 한가운데로 들어갈 만큼 무모한 네가 망설이는 것을 보니 가능성이 희박하다는 뜻이겠군."

"다른 방법이 하나 더 있기는 있습니다."

데이미안이 눈을 반짝였다.

"본인 스스로 그 기운을 다스리는 겁니다."

룬 역시 이자벨리아와 마찬가지로 역상성의 절맥을 앓고 있었다. 그럼에도 절명을 하지 않은 건 사부의 마나연공덕분에 제어를 할 수 있었기 때문이었다.

룬은 타인에게 전수를 해줄 수 있을 만큼 마나연공의 묘리를 알고 있었다.

'하지만 토르기사단에게 전수해준 것처럼 일부분만 전수해 준다면 의미가 없어. 사부의 마나연공을 전부 전수해 주어야 한다는 건데… 그건 좀 더 고려를 해봐야겠군.'

"그 방법을 알고 있나?"

"음… 한번 생각해보도록 하겠습니다."

룬은 적당히 둘러댔다.

데이미안의 얼굴이 다시 순식간에 실망감으로 번졌다.

"한 번 양기를 억눌러 났으니 당분간은 괜찮을 겁니다. 그러니 너무 조급해 하지 말고 치료법을 생각해 보도록 하죠."

데이미안은 고개를 끄덕였지만 그럴 수 없을 것 같다고 생각했다.

"재판도 끝났겠다, 저는 본가로 돌아가겠습니다. 토르 기사단은 언제쯤 풀려나는 겁니까?"

"형식적인 절차 몇 개만 치루면 되니 조만간 풀려 날거야. 가문으로 돌아간 다음 곧바로 제국으로 갈 생각인가?"

"예."

"그렇다면 재판장에서는 좀 더 신중했을 편이 좋았겠군."

데이미안의 얼굴에 책망의 기색이 역력했다.

"무슨 뜻입니까?"

"무슨 뜻인지는 너도 잘 알고 있을 텐데? 네 잘난 머리라면 충분히 잡음 없이 끝낼 수 있었을 재판이었어."

"그거라면 왕자님도 마찬가지지 않습니까? 왕자님의 입김이 들어갔다면 진즉 쉽게 끝났을 재판이었습니다. 하지만 마치 아무 관련 없는 듯 한 발 물러나 상황을 관망만 하시지 않으셨습니까?"

"그래서 용골때짓이라도 한 건가? 하지만 명심하는 게 좋아. 스위프트의 존재는 너에게 역시 아킬레스건이라는 걸. 내가 다른 마음을 먹었다면 너는 재판의 결과와 상관없이 이 자리에 있을 수 없었을 거야."

"하지만 그러지 않으시지 않았습니까?"

데이미안이 인상을 살짝 찌푸렸다.

"내가 얼마나 편의를 봐주고 있는지 모르는 모양이군."

"다른 건 몰라도 좋은 패 하나를 유보한 것은 알고 있죠."

"훈텐백작을 역으로 추궁한건 단순히 융커를 불러내기 위함이었나?"

"예. 나중에 딴 말을 할 수 있으니 공식석상에서 둘의 연관성을 확실히 해둘 필요가 있으니까요. 저를 위해 패를 희생한 것에 대한 작은 보답입니다."

"그 이유가 전부인가?"

"다른 이유가 있겠습니까?"

"훈텐백작이 마음에 들지 않았던 건 아니고?"

"어찌됐든 왕자님에게는 좋은 일이 아닙니까?"

데이미안이 마음에 들지 않는 눈으로 룬을 바라보았다. 룬은 데이미안의 불편한 시선을 느낀 것인지 화제를 돌렸다.

"훈텐백작은 어떻게 구워삶으신 겁니까?"

"트린베니아로 보낼 지원군 명단에서 제외해 준다고 했지."

"트린베니아는 현재 제국과 전쟁 중에 있으니 융커님을 내세워 압박을 할 때 좋은 수가 하나 더 늘어나는 셈이 되겠군요. 과연 제 편의를 봐주면서도 실속은 하나도 놓치지 않고 계셨군요."

데이미안이 입 꼬리를 말아 올렸다.

"왕가의 핏줄을 물려받은 자는 어렷을적부터 왕이 되기 위한 교육을 받는다는 것을 알고 있나?"

"예."

"그때 배웠던 것 중에 갑자기 생각나는 게 있는 데 한번 들어보겠나?"

뜬금 없는 타이밍에 나온 말이라 룬은 잠시 머뭇거렸다. 하지만 이내 대답했다.

"말씀하십시오."

"어느 지역에 도착하기 위해서는 반드시 지나야만 하는 사막 하나가 있어. 그곳에 한 상인이 물을 은화1냥에 팔고 있지. 자네가 나라면 그 상인을 어떻게 할 건가?"

"물은 비록 지천에 널렸지만 희소한 사막이라면 충분히 돈을 받고 팔수 있는 하나의 상품입니다. 그러니 이는 시장의 섭리로 타당한 거래입니다."

틀린지 않은 말이라 데이미안이 고개를 끄덕였다.

"하지만 타인의 불편을 이용해 부당하게 이득을 챙기고 있으니 두고 볼 수만은 없는 일입니다."

이 또한 틀리지 않은 말이었다.

"그럼 그 상인에게 벌을 내리겠다는 뜻이군?"

"아니요. 제가 왕자님이라면 그 상인에게 세금을 물어 그 돈으로 오아시스를 만들 겁니다."

룬의 대답에 데이미안이 허탈하게 웃었다. 이 물음은 지난날 스승이 자신에게 물었던 것이었다. 그때 데이미안은 여러 가지 관점에서 대답을 하였다. 그리고 마지막 룬의 것과 비슷한 대답을 했을 때 스승은 만족한 듯 웃었다. 그 대답을 하기까지 족히 며칠을 고뇌를 했었다. 그런데 룬은 물음을 들은 지 얼마 되지 않는 시간에 즉흥적으로 답을 내놓았다.

"희박하지만 무사히 제국을 빠져나온다면 내 누이와 혼사를 치루는 게 어떤가?"

"……."

전혀 예상치도 못했던 말이라 룬은 벙찐 얼굴이 되었다.

"내 누이는 많은 사람 앞에서 너에게 구혼을 했다고 공표를 했어. 물론 그것은 사실이 아니지만… 게다가 그들이 보는 앞에서 입까지 맞추었지. 남자로써 책임을 통감하지 않나?"

"책임은 통감하나 신중히 생각을 해봐야 할 것 같군요. 혹여 저를 경계하시는 겁니까?"

데이미안은 대답이 없었다.

"왕자님과 저는 밧줄에 의지한 채 낭떠러지 위에 놓여져 있습니다. 밧줄을 놓으면 상대방도 떨어지지만 본인 또한 떨어질 수밖에 없습니다. 그러니 저를 공주님을 이용해 억지로 붙잡으려 하지 않으셔도 됩니다."

"내 누이가 싫다는 건가? 아니면 내 생각을 해주는 건가?"

"어쨌든 그 일은 제가 무사히 돌아온 다음에나 하도록 하죠."

데이미안이 씨익 웃었다.

"국왕전하께서 너를 보고 싶어 하신다."

"저를요?"

"마침 사자가 오는 모양이군."

데이미안의 말이 끝나기 무섭게 누군가 방으로 들어왔다. 온통 검은 옷을 입고 있어 어딘지 어두운 기운을 풍기는 사내였다.

"왕의 그림자?"

"전하께서 기다리고 계십니다."

그림자가 말했다. 왕의 그림자는 말 그대로 그림자로 일선에 나서지 않은 채 왕을 위해 움직이는 자였다. 그런 그림자가 직접 움직인 만큼 예삿일은 아닐 거라 룬은 생각했다.

룬은 그림자를 따라 르니에르국왕을 만나러 갔다. 국왕은 용좌에 앉아 있었는 데 그 모습에 위엄이 넘쳤다.

"국왕전하를 뵈옵니다."

룬이 예를 갖추어 인사를 했다.

"변방에 산다고 하더니 기본적인 예조차 모르는군. 왕을 알현 할 때는 한쪽 무릎을 바닥에 대고 고개를 숙여 경의를 표해야 한다. 왕을 알현할 때 예를 갖추어야 하는 건 이 나라의 법도이며 너는 지금 그 법도를 어겼다. 이를 어떻게 책임지겠느냐?"

"저는 남작의 작위를 하사받았으며 전하와 저는 군신의 계약을 맺은 관계입니다. 예는 아랫사람 뿐 아니라 윗사람으로써도 마땅히 지켜야 하는 도리입니다."

"그러니 없는 일로 하자? 좋다. 우리는 서로에게 무례를 범하였으니 이에 대해서는 더는 따지지 않도록 하지."

"감사합니다."

"내 너를 부른 이유는 다름 아니라 고민거리가 있기 때문이다."

"말씀하시옵소서."

"내 명으로 아주 중요한 물건을 옮기는 다섯명의 사신

이 있다. 그들은 외진 수풀 길에 들어섰는 데 그 앞에 커다란 사자 한 마리가 나타났다. 그 사자는 아주 강하여 다섯명의 힘으로는 도저히 당해낼 수 없으며 돌아갈 수 있는 길도 없다. 하여 다섯 중 가장 불필요한 사람 한명을 희생하여 사자의 먹이로 주고 나머지 넷은 나에게 물건을 가져왔다. 너는 이들 중 한명을 등용하여 쓸 수 있다. 한 명은 동료를 희생시켜야 된다고 처음으로 말했으며, 한명은 모두가 머뭇거릴 때 사자에게 동료를 밀어 넣었다. 또 한명은 내 명을 수행하지 못하면 책임을 져야 함에도 동료를 희생시킬 수 없다고 반대를 했다. 마지막 한명은 아무것도 하지 않은 채 상황을 관망만 하였다. 너라면 누구를 등용할 것이냐?"

뜬금없는 질문이었으나 룬은 별다른 기색을 보이지 않았다.

"아무도 등용하지 않을 겁니다."

룬은 국왕이 무슨 질문을 할 건지 알고 있기라도 한 듯 즉각적으로 대답했다.

"?"

"그들의 가장 큰 문제는 사자를 이길 만큼 강하지 못한 것입니다. 그러니 그 뒤에 무슨 행동을 했는지는 의미가 없이 무능한 자들일 뿐입니다. 그러니 아무도 등용하지 않겠습니다."

룬의 대답에 르니에르국왕이 박수를 치며 장내가 떠나가라 박장대소를 하였다.

"재미있는 대답이구나. 그럼 너는 그들처럼 무능하지 않다는 것이냐?"

"그건 그들을 만나보지 않아 답을 드릴 수 없습니다."

"뭐, 좋다. 내가 보고자 한 건 사자를 이길 수 있느냐 없느냐가 아니었다. 선택지에는 없는 다섯 번째 경우를 꺼낼 수 있는 새로운 시각. 내게는 그것이 필요하다."

국왕은 용좌에서 일어났다.

"제국으로가 적의 수뇌부를 암살하는 것은 물론 뜻 깊은 일이다. 하지만 나에게는 선택지에 없는 다섯 번째를 선택할 수 있는 사람이 필요하다."

"저를 높게 봐주신 점은 감사드립니다. 하지만 저는 제국으로 가야합니다. 전하께서 주신 은혜는 다녀온 뒤에 받도록 하겠습니다."

"내가 윤허하지 않는다면 어쩌겠느냐."

"저는 고집불통이라 누구라도 제 일을 방해하면 배알이 뒤틀리는 성격입니다. 허나 은혜는 가슴깊이 세겨 두는 성격이니 윤허하시는 것이 원하는 바를 얻는 길 일겁니다."

"허나 숨이 붙어 있지 않다면 은혜를 가슴에 새긴들 무슨 소용이 있겠느냐."

"그것이라면 걱정하실 것 없습니다. 저는 반드시 살아 돌아올테니까요."

르니에르국왕이 룬을 지긋이 보았다.

"검과 마법을 자유자재로 사용한다 들었다. 이 자리에서 실력을 보고 싶구나."

국왕이 손뼉을 두 번 쳤다. 그러자 장내에 세워져 있던 열두 기둥뒤에서 검은 복면을 쓴 자들이 나타났다. 왕의 최측근에서 호위를 담당하는 그림자들이었다.

"저는 이유를 막론하고 제게 검을 내민 자들에게 자비를 베풀지 않는 성격입니다. 왕의 그림자는 한 명 한 명이 귀한 인재라 알고 있는 데 고작 제 실력을 보기 위해 희생하는 것은 너무 아까운 처사가 아닙니까?"

"내 그림자들 역시 검을 뽑으면 반드시 피를 보고야 마는 자들이다. 역사상 몇 되지 않는 마검사의 실력을 보기에 더 없이 좋겠구나."

말을 마친 국왕은 용좌로 돌아가 앉았다. 풀썩-. 왕이 앉는 소리가 유난히 크게 들려왔다. 동시에 제일 뒤에 있던 그림자 둘이 룬을 향해 쇄도했다. 약간의 시간차를 두고 그 앞에 있던 그림자가, 다시 그 앞에 있는 그림자가 움직였다. 순식간에 열두 그림자가 일렬로 늘어선 채 룬을 향해 쇄도하는 형태가 됐다.

"파이어월!"

룬이 손을 아래에서 위로 뻗었다. 순간 거대한 화염의 벽이 바닥에서부터 솟아올랐다. 그림자들이 화염의 벽을 피해 뒤로 돌아갔다. 그때 룬의 뒤에도 거대한 벽이 생겼다. 그림자들이 옆으로 움직이자 그쪽에도, 또 반대쪽으로 움직이자 그곳에도 벽이 생겨 네모난 상자 안에 갇혀 있는 형태가 되었다.

그림자들이 잠시 주춤하다 벽을 향해 돌진했다. 순간 벽이 허물어 지며 붉은 검 하나가 날아왔다. 그림자가 얼른 그 검을 막았지만 한참이나 뒤로 밀려나야만 했다. 검은 산산조각나 있었다.

그 순간 다른 그림자 하나가 열려진 곳 쪽으로 채찍을 날렸다. 채찍에는 야수의 혀처럼 바늘이 돋아나 있었다. 룬은 채찍을 맨손으로 잡았다. 그림자가 흠칫하며 놀랐다.

룬은 채찍을 끌어당겼다. 그림자가 룬의 쪽으로 튕기듯 날아왔다. 룬이 손에 마나를 집중해 그의 가슴을 강타했다. 그림자의 가슴에 손바닥 인장이 찍혔다. 동시에 한참이나 뒤로 밀려나 쓰러졌다.

몇몇 그림자가 그를 피하기 위해 옆으로 움직였다. 순간 룬이 그 쪽으로 움직였다. 그리고 오른손을 활짝 폈다. 다섯손가락에서 각각 다른 종류의 마법이 생성되었다. 룬이 손가락을 튕기자 생성된 마법이 하나씩 그림자에게 날아갔다.

동시에 룬은 마나파동과 윈드핑거를 이용해 달려드는 그림자들에게 날렸다.

룬의 마법에 몇몇 자들은 쓰러졌고 몇몇 자들은 용케 피했다. 룬에게 쇄도하던 자들은 마나파동과 윈드핑거에 의해 제지당했다.

하지만 곧바로 그림자들이 진형을 갖춘 채 룬에게 쇄도했다. 룬은 마나술을 이용해 교모한 움직임으로 그들을 따돌렸다. 하지만 잘 훈련된 그림자들은 다시 일사불란하게 룬을 향해 움직였다.

순간 룬의 몸이 여러 갈래로 찢기듯 사라졌다 한 그림자 위에 나타났다. 룬은 그림자의 머리를 발판삼아 앞으로 도약했다. 그리고 다음 그림자의 머리를 밟아 다시 도약했다. 그렇게 그림자들을 밟으며 이곳저곳을 누볐다.

마침내 한 그림자가 룬의 발을 잡기 위해 손을 뻗었다. 그런데 허공에 계단이라도 있는 듯 발을 내딜 때 마다 하늘로 솟아나는 게 아닌가?

하늘 위에 올라선 룬은 잠시간 지상을 내려다보았다.

"시월의 검!"

운석이 쏟아지듯 룬이 추락했다. 주위에 있던 그림자가 얼른 자리를 피했다.

펑.

룬이 추락한 자리가 움푹 패였다. 연기가 걷히자 룬의

모습이 드러났다. 룬은 무슨 이유인지 가만히 있을 뿐 아무런 행동도 없었다.

눈치를 보던 그림자 하다가 거대한 사이드를 꺼내 휘둘렀다.

휘잉.

룬의 몸이 두 동강 났다. 신출귀몰한 신위로 그림자 사이를 헤집고 다니던 룬이 이렇게 허무하게 쓰러진 것인가? 두동강난 몸을 그대로 바닥에 고꾸라졌다. 하지만 응당 사람의 몸에서 흘러나와야할 피는 조금도 나오지 않았다.

그림자 한 명이 룬의 몸을 검으로 툭툭 건드렸다. 사르르. 룬의 몸이 바람에 날리는 모래처럼 사라져버렸다.

"저쪽이다."

다들 어리둥절 하는 가운데 한 그림자가 외쳤다. 그가 가리킨 곳을 보니 어느새 룬이 국왕을 향해 손을 뻗고 있었다. 그림자 한명이 재빨리 단도를 날렸다.

뒤에도 눈이 달린 것인지 룬이 허리를 숙여 단도를 피했다. 그러자 단도는 국왕을 향해 날아갔다. 국왕은 검을 꺼내 단도를 쳐냈다. 순간 룬이 다가와 국왕의 목에 작은 단도를 겨누었다.

"……."

일사불란하던 그림자들의 움직임이 순식간에 멈췄다.

국왕은 말 없이 룬을 바라보았다. 룬은 어깨를 으쓱 한 뒤 말했다.

"싸움을 끝낼 가장 빠른 방법을 택했을 뿐 유감은 없습니다."

분노할 것으로 생각했으나 국왕은 의외로 호탕하게 웃었다. 국왕이 손을 휙 휘젓자 그림자들이 순식간에 기둥으로 사라졌다.

장내에는 마치 둘만 존재한 듯 깨끗했다. 바닥에 움푹 패어진 곳만 아니라면 싸움이 일어났었는지조차 의문이 들 정도였다.

"좀 더 실력을 견식하고 싶었는 데 아쉽군. 그림자들도 사라졌는 데 이만 검을 내려놓는 게 어떤가?"

룬은 단도를 다시 품에 넣은 뒤 국왕이 있는 곳에서 삼 미터정도 떨어진 곳에가 섰다.

"무례를 용서해 주십시오."

"은혜를 잊지 않는 다는 말 기억하고 기다리겠다."

국왕과의 만남을 그렇게 끝이 났다.

국왕을 만난 뒤 룬은 이런저런 생각이 들었다.

'병약하여 왕좌를 물려준다는 준다는 소문과 너무도 다른 모습이구나. 호탕하며 국왕으로써의 면모가 느껴져… 한데 어찌하여 데이미안왕자에게 왕좌를 미리 물려주는 걸까?'

딱히 떠오르는 이유는 없었다.

'어차피 나와는 상관 없는 일. 생각한들 무슨 소용이겠어. 그나저나 신디아님의 상태가 어떨지 모르겠군.'

룬은 이자벨리아가 발작을 일으키던 때를 떠올렸다.

'몸이 바뀌면서 성향 자체도 정상으로 돌아왔다는 걸 미쳐 생각지 못했어. 만약 주위에 제이미님이 없었다면 큰일이 났었을 거야… 생각해 보니 내가 여자를 멀리하던 이유도 다 역상성의 성향 때문이었지…'

너무 오래전 일이라 룬은 자신이 왜 여자를 멀리하게 되었는지조차 잊고 지내 원래 그런 사람인마냥 살아 왔다. 몸이 바뀐 후에도 그것을 인지하지 못하고 무의식중에 당연히 여자를 멀리해야 한다고 생각하고 있었다.

룬은 문득 에일리아와 입을 맞추던 때가 떠올랐다.

'그렇구나… 나는 그때 에일리아님의 입맞춤에 설레었던 거야. 보통의 남자처럼… 하지만 여자를 멀리해야 한다는 막연한 생각 때문에 밀어낸 거야… 이런, 조금만 더 나를 돌아 보았다면 서로에게 상처를 주는 일은 없었을 텐데….'

룬은 그때를 생각하자 얼굴이 붉어졌다. 촉촉하던 입술의 감촉이 아직까지 남아 있는 것 같았다.

'됐어. 이미 끝난 일이야. 키스까지 하고도 거절을 당했는데 나에게 오만 정이 다 떨어졌을 거야.'

룬은 고개를 세차게 저었다. 하지만 가슴은 진정되지 않고 계속 쿵쾅거리기만 했다. 이윽고 이자벨리아와 입을 맞추던 것이 떠올랐다. 하루도 지나지 않은 일이었다. 당시에는 치료를 해야 한다는 생각에 정신이 없었지만 안정이 되고 나니 두근거리는 가슴이 진정이 되지 않았다. 구름 위에 올라 다니 듯 기분이 몽롱했다.

'이런 게 남녀 간의 감정이라는 건가?'

비록 소울에너지가 정상으로 바뀌었어도 여자를 멀리해야 한다는 생각이 관습처럼 박혀 있었다. 그런데 이제 그 생각을 버리고 나니 앞을 가로막고 있던 벽 하나가 허물어진 느낌이었다.

'가만… 신디아님은 나와 마찬가지로 역상성의 기운을 타고났는데… 어째서 남자인 나에게 마음을 품은 거지?'

이론대로라면 이자벨리아 역시 남자를 돌같이 보거나 혹은 여색을 밝혀야 정상이었다. 하지만 그녀는 이제 정상으로 돌아온 룬을 마음에 품고 있었다.

'진정한 사랑으로 극복하지 못하는 건 없다는 건가? 어쩌면 난 음기 때문이 아니라 진정한 사랑을 해보지 못해 여자를 멀리한 걸지도 몰라. 그렇다는 건 신디아님은 나를 진정으로 사랑한다는 건가?

온갖 망상을 하던 룬의 얼굴이 홍당무처럼 새빨개졌다.

'신디아님은 타고난 성향을 이기고 날 좋아해 주었는데 거절을 했으니 얼마나 마음이 아팠을까. 마나연공을 누구에게도 절대 전수해 주지 말라는 사부의 엄명이 있었지만 신디아님에게라면 사부도 이해해 줄 거야.'

그렇게 생각한 룬은 데이미안에게 달려갔다.

"신디아님을 살릴 방법이 떠올랐어요."

데이미안이 눈빛을 빛내며 룬을 보았다. 왠지 유난히 룬의 기분이 신나 보인다고 생각했다.

"말로 설명하기는 힘들어요. 제가 직접 신디아님에게 전수를 해드릴 거에요. 그런데…."

"그런데?"

"그러기 위해서는 많은 시간이 필요해요. 하지만 전 제국으로 가야 하는데…."

데이미안은 룬이 유독 신나면서도 멍청해 보인다고 생각했다.

"그럼 제국을 가는 걸 포기하면 되겠군."

"그건 절대 안 돼요."

"그럼 누이의 병을 고칠 때 까지 시일을 늦추면 되겠군."

"그것도 안 돼요."

"그럼 사지로 끌고가기라도 하겠다는 얘긴가?"

"어…. 그 수밖에 없을 거 같군요."

"차라리 이곳에 있는 편이 낫겠군."

"꼭 제국까지 같이 갈 필요는 없어요. 중간에 트린베니아에서 헤어지면 위험하지 않을 거예요."

"그곳이라해서 딱히 달라보이지는 않는군."

"안전한 곳이 있을 거예요."

"트린베니아는 전쟁이 발발중이야. 제국과 트린베니아의 전력차로 봤을 때 넘어지는 건 시간 문제지. 안전한 곳이란 있을 수 없어."

"아뇨. 트린베니아는 쉽게 무너지지 않을 거예요. 또한 신디아님은 최소한 이곳에 계신 것보다는 안전할 거예요."

데이미안이 룬을 빤히 쳐다보았다.

"내가 모르는 무언가를 알고 있군."

"눈에 보이는 게 다가 아니란 것은 알고 있죠."

"추상적이군. 설득력이 떨어져. 그것만 가지고는 이자벨리아를 그런 구렁텅이로 몰아 넣을 수 없어."

"본인을 직접 설득 시키겠어요."

룬이 자리를 박차고 일어났다. 데이미안이 룬을 빤히 바라보았다.

"아버님과 무슨 이야기를 나누었지?"

"그건 갑자기 왜 물으십니까?"

"무슨 큰 이야기가 오고가지 않는 이상 갑자기 돌변한 태도를 설명할 수 없을 거 같군. 너는 분명 조금 전까지 방법을 모색해본다했어. 그리고 불과 반나절도 되지 않아 그 방법을 제시했지. 방법을 찾은 게 아니라 마음이 변한 거겠지."

"국왕전하와는 무관한 일이에요. 신디아님을 위한 순수한 마음이 생겼을 뿐이죠. 이곳에 있으면 어차피 얼마지 않아 죽을 운명이에요. 사지에 달려드는 거라도 저라면 무슨 시도라도 해보겠어요."

데이미안은 오늘 룬이 유독 비논리적이며 감정적이라고 생각했다. 그래서 평소와 같은 신뢰가 생기지 않았다. 하지만 무슨 시도라도 해봐야 한다는 말에는 동감하는 바였다.

"지금 당장 신디아님을 봐야겠어요."

룬은 데이미안의 대답도 듣지 않은 채 장내를 떠났다. 무례한 태도에도 데이미안은 살짝 미소를 지으며 룬의 뒷모습을 응시했다.

룬은 곧장 이자벨리아를 찾아갔다. 하지만 거처를 지키는 가드들이 룬을 막아섰다.

"공주님은 지금 아무도 만날 수 없는 상태입니다."

"공주님을 치료한 사람이 저입니다. 저는 지금 의관의 자격으로 이곳에 온 겁니다. 완전한 쾌유를 위해서는 제가 더 손을 봐야합니다. 공주님의 상태가 악화되어 문제가 생긴다면 책임지시겠습니까?"

"그에 대해서는 보고받은 바가 없습니다."

룬과 가드는 실랑이를 벌였다. 룬은 들어가려 했고 가드는 막아섰다.

그런데 그때 안에서 이자벨리아가 나왔다. 그녀는 조금 초췌하기는 했지만 안정적으로 보였다.

"누구도 만나지 말라는 엄명이 있었습니다."

가드가 말했다.

"의관께서도 왔다갔잖아요. 이분께서 저를 치료해 주셨는데 만나지 못하게 하는 건 말이 안돼요."

그녀는 룬에게 다가왔다.

"잠시 걸을까요?"

그녀가 앞장을 섰다. 룬이 그녀의 뒤를 조금 간격을 두고 따라갔다. 도착한 곳은 대지가 한눈에 보이는 성벽 위였다.

"저를 치료해줬다고 들었어요. 의식이 없어 희미하지만 어렴풋이 기억이 나는 것 같기도 해요. 고마워요."

"아닙니다."

"오라버니에게 제 병에 대해 들었어요. 고칠 수 없다고…."

"아니요. 고칠 방도가 있습니다."

"그게 정말인가요?"

"아픈 사람을 두고 그런 거짓말을 하러 여기까지 왔겠

습니까?"

이자벨리아가 미소 지었다.

"그도 그렇군요."

"우선…."

룬은 현재 상황에 대해 설명했다. 설명을 듣던 이자벨리아의 얼굴이 처음과 달리 심각하게 변했다.

"제국으로 가겠다니… 너무 위험한 생각이에요."

"공주님만 생각한다면 가지 않아야 하겠으나 꼭 가야 할 이유가 있습니다."

"제 치료 때문이 아니에요. 너무 위험한 생각이라…."

"제국은 가야하면서도 공주님을 치료하고 싶은 마음은 제 욕심입니까?"

"…좋아요. 따라가겠어요."

"잘 생각하셨습니다. 분명 트린베니아로 같이 가는 것이 이곳에 있는 것 보다 훨씬 안전한 선택이 될 겁니다."

룬이 이자벨리아의 두 손을 붙잡았다. 이자벨리아가 수줍게 웃었다.

룬은 손을 놓았고 둘 사이에 어색한 정적이 감돌았다.

"흠흠. 그럼 저는 이만 가보겠습니다."

"……."

기분 좋게 인사를 했는 데 이자벨리아의 얼굴은 펴지 못했다.

"무슨 언짢은 일이라도 있으십니까?"

이자벨리아는 화가 나는 듯 대답은 않고 룬을 무섭게 쏘아 보기만 했다.

"……."

룬은 잘 못 한 것도 없는 데 꼭 죄인이 된 것 같아 기분이 좋지 못했다.

한참이 지나도 룬이 말이 없자 결국 이자벨리아가 입을 열었다.

"저는 룬님에게 고백을 했어요. 재판장에서는 수치심을 무릅쓰고 구애를 했다고 거짓말까지 했어요. 치료를 하는 중에는 모두가 보는 앞에서 입까지 맞추었죠. 그런데 정말 하실 말씀이 그거 뿐인가요?"

이자벨리아는 룬을 빤히 응시했다.

"절 동정하시는 건가요?"

"아닙니다."

"그럼요?"

"……."

"동정이 아니라면 왜 대답이 없는 거죠?"

"동정이 아닙니다. 그렇다고 이게 뭔지도 모릅니다. 그냥 공주님을 살리고 싶은 마음뿐입니다."

"그런 마음이 동정이라는 거예요."

룬은 어떻게 대답을 해야 할지 몰랐다.

"룬님이 수많은 오해를 낳을 수 있음에도 저를 치료해 주고, 이렇게 찾아와 주어 정말 기뻤어요. 제 마음을 드디어 알아 주는 것이라 생각했어요… 하지만 그게 단순히 동정이라면 우리 얘기는 다시 하는 게 좋을 거 같군요."

이자벨리아는 망설임없이 돌아섰다. 룬은 잠시간 그녀가 떠나간 자리를 멍하니 바라보았다. 그렇게 한참을 있다 그녀를 향해 달려갔다. 그녀가 눈에 보였다.

룬은 그녀의 손목을 잡았다. 이자벨리아는 자신의 잡는 거친 손길에 고개가 돌아갔다.

"왜 동정이라고 단정하는거죠?"

룬이 말했다.

그녀가 잠시 머뭇거리다 대답한다.

"아니라면 설명해 보세요."

"몰라요."

룬은 그 대답이 조금 무책임해 보인다고 생각했다.

"이게 무슨 감정인지, 왜 이런 마음이 드는지 몰라요. 내 마음인데 그게 뭔지 모르겠어요. 모르는데 어떡하겠어요. 하지만 신디아님을 살리고 싶은 순수한 마음이란 건 분명해요. 동정은 불쌍한 강아지를 볼 때나 드는 감정이잖아요. 그건 분명 아니라구요. 설명할 수 없는데, 설명할 수 없다고 제 마음을 한낱 동정으로 치부하는 건 너무 억울해요. 왜 제 마음을 신디아님 마음대로 결정하나요."

쏟아 놓고 나니 무슨 말을 한 건지 정신이 어수선했다.

룬이 이자벨리아를 빤히 본다. 조금 창백한 피부와 그윽한 눈빛이 오늘따라 유독 눈에 들어왔다.

"저는 사람들 앞에서 룬님에게 구애를 했다는 말까지 했어요. 여자로써 그것이 얼마나 힘든 결정이었는 지 생각해보세요. 그런 제게 자신의 감정이 무엇인지도 모르면서 붙잡으려 하는 건 너무 무책임하다고 생각지 않나요?"

이자벨리아가 다시 돌아섰다. 이번에는 그녀를 붙잡지 못했다.

룬은 풀이 죽은 채 거처로 돌아왔다. 이자벨리아의 말이 계속 맴돌아 다른 것을 생각할 여지가 없었다.

'기껏 살리기 위해서 사부의 마나연공까지 전수해줄 생각까지 했는데 들어보지도 않고 내 마음을 멋대로 외도해 버리다니… 억울해.'

다시는 생각하고 싶지도 않았다. 하지만 그렇게 생각하다가도 어느새 이자벨리아에대한 걱정으로 화는 씻은 듯 사라졌다.

'쳇… 싫다는 사람 뭐가 예쁘다고….'

그렇게 생각하면서도 룬의 발걸음은 어느새 이자벨리아에게 향하고 있었다.

룬이 이자벨리아의 거처에 가자 가드들이 막아섰다. 룬은 가드들과 실랑이를 벌였다. 그러다 아예 그들 앞에 앉아 버렸다.

물론 그들 몰래 들어갈 수 있는 방법은 아주 많았다. 당장 슬립마법만 이용하더라도 아무 잡음 없이 들어갈 수 있었다.

하지만 그렇게 들어가서는 의미가 없었다. 중요한 건 이자벨리아의 마음이었다.

얼마나 앉아 있었을까? 간간히 그녀의 거처 앞을 지나가는 사람들도 있었다. 그중에는 데이미안도 있었다. 데이미안은 룬을 보더니 고개를 갸웃하며 물어왔다.

"왜 이런 곳에 앉아 있지? 토르기사단이 풀려나 기다리고있던 데 가봐야 하지 않나?"

"몰라요. 신경 쓰지 마시고 가던 길 가세요."

데이미안은 어깨를 으쓱 하고는 이자벨리아의 거처로 들어갔다. 그리고 십여 분이 지난 다음 나왔다. 그때까지 앉아 있는 룬을 보고 데이미안은 의아하여 다가왔다. 그러다 마음이 바뀐 듯 그냥 모른 척 사라졌다.

얼마나 더 시간이 흘렀을까? 슬슬 배도 고프고 몸도 쑤셔왔다.

룬은 자리를 박차고 일어났다. 가드들이 룬을 막아섰다. 힘으로 제압하려면 충분히 그럴 수 있었지만 룬은 그러지 않았다. 대신 더 있어봤자 의미가 없을 것 같아 토르 기사단을 만나기 위해 자리를 떠났다.

토르기사단이 어디 있는지 확인하기 위해 감옥으로 가는 데 중간에 뜻밖에 첸을 만났다.

"재판에서 승소했다고 들었습니다. 축하드립니다."

"훈텐백작님께서 들으셨다면 섭섭할 말이군요."

첸이 어깨를 으쓱했다.

"어디를 그리 급히 가십니까?"

"기사단을 만나러 갑니다. 참, 트린베니아의 소식 들으셨습니까?"

첸의 얼굴이 한 순간 무거워졌다.

"예."

"마음이 무거우시겠군요. 조만간 지원군을 모집한다 하던데 가보는 게 어떻습니까?"

"혈혈단신일 때는 몰라도 지금은 한 기사단을 책임지고 있는 입장이라 개인적으로 행동할 수 없는 처지입니다."

"그도 그렇군요."

맥기사단을 아틀란으로 지원한다는 말을 떠올리며 대답했다.

"떠나온 것을 후회하십니까?"

"아니요. 뜻이 맞지 않은 채 억지로 있는 것보다는 이 편이 더 낫습니다. 사실 조금 후회되기는 합니다."

첸이 씁쓸하게 웃었다.

"스승님과 그분의 동료들에 대해 잘 알고 계십니까?"

"아니요."

첸은 애드워드가 바르테오와 함께 한다는 뜻을 보이자마자 헤어졌다. 그래서 바르테오와 그의 제자들에 대해서는 제대로 아는 바가 없었다.

"그들에 대해 알고 있습니까?"

첸이 물었다.

"저도 자세히는 모릅니다."

"그들의 존재에 대해 함구하는 게 맞을지 모르겠군요."

"어차피 전쟁이 시작 된 이상 일선에 나서야 할 테니 자연히 알게 될 겁니다. 굳이 지금 말해 좋을 게 없지 않겠습니까? 괜히 비밀을 숨기고 있었다는 의심을 받을지도 모르지 않습니까?"

"그도 그렇군요."

대답을 한 첸이 조금 의아한 얼굴로 룬을 보았다.

"재판도 잘 끝났는 데 무슨 안 좋은 일이라도 있으십니까? 걸음걸이가 성급하고 눈 사이에 흥분이 있어 큰일이 있는 것처럼 보입니다."

"아… 그게."

룬은 이자벨리아와 있었던 일을 말하는 것이 부끄러워 그냥 어물쩍 넘어가려했다. 그런데 답답한 마음에 하소연이라도 하고 싶은 생각이 들어 체면도 잊고 첸에게 방금 있었던 일을 털어 놓았다.

얘기를 듣던 첸이 미소를 지었다. 남녀지사에는 끼어들지 않는 것이라지만 룬을 보자니 조언을 해줘야할 것 같았다.

"여자의 마음을 모르시는군요. 공주님은 지금 룬님에게 확신을 받고 싶은 겁니다."

이런 이야기를 하자니 첸은 갑자기 자신이 어른이 된 것 같았다.

"확신이라고요? 하지만 제 마음도 제대로 모르는 데 어떻게 확신을 준단 말입니까?"

"공주님을 살리고 싶은 마음은 분명한 거죠?"

"예. 그건 의심의 여지없이 분명합니다."

"그럼 그 마음을 그대로 전하세요. 경험상 상대방을 너무 배려하기 보단 그냥 막무가내로 밀어붙이는 게 더 설득적일 수 있습니다."

"으음…."

룬은 잠시 생각에 잠겼다. 배려를 해도 거절했던 판에 막무가내로 몰아붙이라고? 딱히 공감이 가는 말은 아니었다. 하지만 다른 방도가 없는 데다 답답하니 그 수라도 써봐야겠다고 생각했다.

"감사합니다. 그럼 저는 이만 가보겠습니다."

룬이 첸의 대답도 듣지 않은 채 쌩하니 사라졌다.

"이런… 다음에 한 번 더 합을 겨루자 청하려 했건만…."

룬을 보며 첸이 중얼거렸다.

룬은 금세 이자벨리아의 거처 앞에 당도했다. 당연하게도 가드들이 막아섰다. 룬은 가드들을 무력으로 제압한 다음 무작정 안으로 들어갔다.

"이게 뭐하는 짓이죠?"

그녀가 쌀쌀맞은 눈으로 룬을 노려보았다. 그 모습이 표독스럽기 보다는 하얀 잠옷과, 붉은 머리, 창백한 얼굴과 어울려 묘한 분위기를 자아냈다.

"할 이야기가 많은데 들여보내주시질 않으니 이렇게 무례를 범했습니다."

"당장 나가세요. 아니면 경비병을 부르겠어요."

"그들이라면 이미 제압했으니 소용없을 겁니다."

"대체 왜 이러는 거죠?"

"치료를 하지 않으면 언젠가 발작이 시작 돼 죽을지도 모르는데 두고 볼 수 없습니다."

"룬님은 오직 저를 치료하는 것에만 관심이 있군요. 치료가 끝난 다음에는요? 더 이상 볼일이 없는 사이가 되는 건가요?"

"저는 신디아님이 이대로 죽는 걸 두고 볼 수 없다는 마음뿐이라 다른 것은 잘 모르겠습니다. 그러니 복잡하게 생각하지 마시고 일단은 병을 고치는 데만 신경 쓰세요."

"됐어…."

대답을 하던 이자벨리아가 돌연 선혈을 토해내며 몸을 휘청거렸다. 룬은 급히 다가가 그녀를 부축했다.

'양기를 제압한지 얼마 되지도 않았는 데 벌써 발작이 시작된 건가?'

그렇게 생각하고 있는 데 몸을 살펴보니 다행히 그건 아니었다. 발작으로 몸이 허해져 있는데 심한 감정의 기복을 겪으니 순간적으로 기혈이 뒤틀린 것이었다.

룬은 그녀를 자리에 앉혔다. 그녀는 몸이 말을 듣지 않는 지 룬의 손에 이끌렸다.

룬은 그녀의 등에 손을 가져댔다. 그리고 마나를 불어넣어 뒤틀린 기혈을 바로잡았다. 이자벨리아는 등에서 전해지는 따스한 기운에 몸이 스르르 녹는 듯 했다.

'다행이구나. 마나유저에 들어섰지만 아직 마나들이 자리를 잡지 않아 마나연공을 익힐 수 있겠어.'

룬은 이자벨리아의 몸에 마나를 흘려 넣어 중추혈을 시작해 단인혈까지 움직였다. 이자벨리아는 따뜻한 것이 온몸을 휘감자 두려우면서도 한편으로는 편안한 것이 기분이 좋았다.

"저는 신디아님을 치료할 거예요. 이 마나연공이면 신디아님의 몸 안에 있는 그 기운들을 제어할 수 있을 거예요. 그러기 위해서는 많은 시간이 필요해요. 저와 함께 가세요."

룬은 십여분간 연공을 더 진행했다. 마침내 룬이 손을 뗐다.

이자벨리아는 자신의 몸을 꽉 잡고 있던 무언가가 확 풀린 듯 한 느낌을 받았다. 그녀는 자리에서 일어나 룬을 등지고 섰다.

"저는 룬님의 분명한 말을 듣기 전까지는 아무런 결정도 하지 않을 거예요."

"달콤하고 그럴싸한 말을 할 수도 있어요. 하지만 거짓말을 말하고 싶지는 않아요. 저도 지금 제 감정이 무엇인지 모르겠어요. 하지만 신디아님을 살리고 싶은 마음만은 분명해요. 그것만으로는 부족합니까?"

"바보 같군요. 정말 저를 살리고 싶다면 거짓말이든 뭐든 해도 될 텐데…."

"……."

"당신한테 그런 것을 기대한 내가 바보 같군요. 알았어요. 따라갈게요."

"정말이십니까?"

"물론이에요. 제 목숨줄이 걸린 일인데 거짓말을 하겠어요?"

"감사합니다."

기쁜 마음에 룬이 이자벨리아를 와락 안았다. 룬의 손길을 느낀 이자벨리아가 어깨를 움츠렸다.

룬은 이곳이 이자벨리아의 거처이며 순백의 잠옷만 입고 있다는 것을 상기하고는 얼른 손을 뗐다.

"죄송합니다. 너무 기쁜 마음에 그만… 준비가 되는 대로 다시 들리겠습니다."

"예. 심술을 부려 미안해요. 큰 일을 겪어 판단이 흐려졌거니 너그러이 생각해주세요."

룬은 미소를 짓는 것으로 대답을 대신했다.

'그래. 이거면 됐어.'

이자벨리아는 속으로 중얼거렸다.

NEO FUSION FANTASY STORY & ADVANTURE

LINE

제 7 장

그는 누구인가

제 7 장
그는 누구인가

융커의 연구실 안. 융커는 수정구를 통해 바르타인공작과 대화를 하고 있었다.

-그래서 실패했다는 건가요?

"예. 룬남작님이 워낙 반론을 잘한데다 무엇보다 왕자님의 입김이 적용하는 바람에 일이 틀어져 버렸습니다. 자칫 저까지 엮여 곤란한 상황이 발생할 수 있을 것 같아 손을 뺐습니다. 죄송합니다."

-룬님이 눈치 챈 건 아니겠지요?

"물론입니다."

-알겠습니다. 일이 틀어졌다니 어쩔 수 없지요. 아쉬운대로 그냥 진행하세요.

"저… 그리고 저는 룬남작님과 함께 가지 못할 것 같습니다."

-?

"데이미안왕자가 이번 일로 저를 의심하는 것 같습니다. 당분간은 움직일 수 없는 입장이니 운신이 자유로워지는 대로 넘어가도록 하겠습니다."

-흐음. 그렇게 하도록 하세요.

융커가 이번에 제국으로 가는 가장 큰 이유는 성충을 완전히 제거하기 위함이었다. 바르타인의 입장에서는 융커가 오지 않는다고 하여 딱히 손해 볼 것은 없었다.

-그리고 그때 말했던 곳에 대해서는 알아 낸 게 있나요?

"어찌된 영문인지 그곳에 다시 가보니 전혀 흔적이 없었습니다. 아무래도 제 실력으로 그곳을 파헤치는 것은 무리인 것 같습니다."

-만족스러운 대답이 하나도 없군요. 혹여 융커님의 목숨 줄이 누구에게 있는지 잊으신 건 아니겠지요?

"물론입니다."

-그곳에 대해서는 계속 알아보세요.

"예."

종이위에 모래가 떨어지는 것과 같은 소리와 함께 수정구가 꺼졌다. 재판장에서 룬에게 지시받은 내용을 잘 이행했다는 생각에 마음이 한결 가벼웠다. 하지만 수정구가 꺼지기 전 눈빛을 빛내고 있는 바르타인공작의 얼굴을 봤다면 생각을 달리해야 했을 것이다.

❖

스엣은 창밖 너머로 솟아 오른 산을 하염없이 바라보았다. 거대하지만 움직일 수 없는 것이 꼭 자신의 처지를 닮은 것 같아 처량하기 그지없었다. 굳게 닫힌 문은 단 한 발자국도 나가는 것을 허락하지 않았다.

끼이익-.

문을 여는 소리가 유독 거슬리게 들렸다. 살짝 고개를 돌려 보니 바르타인공작이 잔잔한 미소를 띤 채 다가오고 있는 것이 보였다.

'역겨워.'

바르타인을 보자 속이 매스꺼웠다. 그녀는 다시 창 너머로 시선을 돌렸다.

바르타인공작은 방 중앙에 있는 탁자에가 앉았다.

"지난 이야기를 마저 할 시간이군요."

"……."

스엣의 무시에 바르타인이 살짝 웃으며 자리에서 일어났다. 그리고 그녀에게 다가갔다. 바르타인은 지난번처럼 커텐을 쳤다.

스엣은 원래부터 아무것도 보고 있지 않은 양 계속 앞을 응시했다.

그러자 바르타인이 스엣의 머리를 귀로 쓸어 넘겼다.

"당신의 그런 태도가 나를 흥분시킨다고 지난번에도 얘기했을 텐데요? 그것을 원하나요?"

스엣은 손등으로 바르타인공작의 손을 쳐냈다.

"좋아요. 그럼 저쪽으로 가지요."

바르타인이 스엣의 손을 잡고 향한 곳은 침대 위였다.

스엣은 그의 손을 뿌리친 다음 탁자로 가 앉았다.

"내심 기대를 했는 데 아니라니 아쉽군요."

바르타인이 살짝 조소를 지은 다음 스엣의 앞에 앉았다.

"마음을 추스를 시간은 충분히 준 것 같은데요."

"아버지를 데려와 줘요."

"곤란한 부탁을 하시는군요."

"보냈다면 다시 부를 수도 있는 거 아닌가요?"

"그럴 수 있다면야 얼마나 좋겠냐만 불가능한 일이에요."

"그렇다면 더는 할 얘기가 없어요."

"지난 번 그렇게 설명을 드렸는데 아직까지 자신이 만든 상상 속에서 헤어 나오지 못하시다니 답답하군요. 이제 이성적으로 생각할 때도 됐을 텐데요."

“이게 제 이성적인 판단이에요.”

“후. 그렇다니 어쩔 수 없지요. 무거운 짐을 한 사람에게 모두 지워주기는 싫었는데….”

바르타인공작이 자리에서 일어났다. 그리고 문을 향해 걸어갔다.

그때 스엣이 눈빛을 빛내며 품에서 무언가를 꺼냈다. 끝을 날카롭게 깎아 만든 촛대였다. 그녀는 조용히 바르타인공작에 다가가 등 뒤에 촛대를 꽂았다.

순간 바르타인공작의 신형이 원래 스엣을 보고 있었든 듯 돌아지며 스엣의 손을 잡았다.

“이런 수는 통하지 않는 다는 걸 전에도 겪어 아실텐데요. 성가신 이 물건은 제가 가져가도록 하죠.”

바르타인공작은 완력으로 스엣의 손에 들려진 촛대를 빼앗았다.

“다음에는 부디 좀 더 이성적인 대화를 하길 바랍니다.”

바르타인공작은 사라졌다. 스엣은 그의 뒷모습을 보다 이내 눈물을 흘렸다.

스엣의 방을 나온 바르타인공작은 문득 그녀가 한 말이 귀에 맴돌았다. ‘보냈다면 다시 부를 수도 있는 거 아닌가요?’ 불가능하다고 단정 지었지만 사실 시도해본적은 없었다.

바르타인은 월야를 미지의 곳으로 보냈던 밀실로 향했다. 밀실은 월야가 떠나던 그때 그 모습 그대로였다. 깨어진 마정석과 사해의 조각들이 이곳저곳에 퍼져 있었다. 바르타인은 마법진의 중앙으로 갔다. 그리고 별 생각 없이 마나를 불어 넣었다.

우우웅. 마치 뭔 일이라도 벌어 질 듯 주위에 빛이 나며 기괴한 소리가 났다. 하지만 언제 그랬냐는 듯 한순간 조용해졌다.

"후후. 뭘 기대한 거지… 기껏 보내 버렸는 데 다시 불러들여서 뭐하겠다고."

낮게 중얼거린 바르타인은 밀실을 빠져나왔다. 그런데 그때 잠잠하던 밀실이 크게 요동치기 시작했다. 산산이 부숴졌던 마정석이 다시 본 모습으로 돌아오더니 빛을 뿜어냈다. 흔적도 없던 사해의 조각들이 어느새 다시 모여들었다. 장내에 거대한 폭풍이 치기 시작했다.

이자벨리아를 만나고 온 룬의 기분은 한결 좋았다. 한편으로는 마음이 조금 무거웠다.

'신디아님을 살리고 싶은 마음은 분명하고, 이제 살릴 수 있게 됐으니 됐어. 더 이상 골치 아프게 생각하지 말자.'

그렇게 생각하려 했지만 온갖 상념들이 밀려와 가슴이 진정이 되지 않았다.

룬은 사람들에게 물어 토르기사단이 어디에 있는지 알아 낸 뒤 그곳으로 갔다.

"정말 다행입니다. 주군을 의심한 건 아니지만 차디찬 철창 안에 있으니 별의별 생각이 다 들더군요."

플리에오르가 밝은 목소리로 말했다.

"의관을 매일 만나면 아무리 튼튼한 사람이라도 병자가 된 것처럼 힘이 빠진다고들 합니다. 잘 견뎌내셨습니다."

"이제 영지로 돌아가는 겁니까?"

"예. 일단 먼저 가도록 하세요. 저는 일이 있어 이후에 가도록 하겠습니다."

"알겠습니다. 저 그런데…."

"하실말씀이라도 있습니까?"

"소드마스터에 오른 사실을 왜 숨기신 겁니까?"

아주 공손한 듯 했으나 질책의 의미도 조금 담겨 있었다.

"그렇지 않아도 말씀드리려 했는 데 잘 됐군요."

플리에오르는 룬이 무슨 말을 하려나 침을 꼴깍 삼켰다.

"저는 사실 검사가 아닙니다."

플리에오르의 얼굴을 한마디로 표현하자면 어리둥절이었다. 비단 플리에오르뿐만 아니었다. 기사들의 얼굴에 모진고초를 격더니 머리가 이상해 지셨나? 하는 기색이 역력히 드러났다. 그만큼 룬의 말은 생뚱맞은 것이었다.

"처음에는 제가 마법사라는 사실을 모두에게 숨기고 있었기도 하거니와 여러분들에게 인정을 받아야 하기에 그 사실을 숨겼습니다. 공개재판에서 선보였던 건 오러블레이드가 아닙니다. 마법을 응용하여 만들어낸 가상의 검이지요."

"큰일을 겪은 기념으로 우리를 골탕먹으시려는 거군요. 마법사라니요? 마법사요? 장난을 치려면 정도껏 치셔야죠."

룬은 백 마디 말보다 한 번 보여주는 게 낫다는 생각에 파이어볼을 시전했다. 토르기사단들은 룬의 손에서 빛나고 있는 파이어볼을 멀뚱히 바라보았다. 직접 눈으로 보고도 믿을 수가 없었다.

룬은 그들이 확실히 알 수 있도록 파이어볼을 플리에오르에게 날렸다.

으악. 플리에오르가 뜨거운 열기에 기겁을 하며 발을 동동 굴렀다. 아무런 피해도 가지 않도록 아주 약하게 했기에 화상을 입지는 않았다.

"이제 믿으시겠습니까?"

"……."

파이어볼을 직접 보고도 여전히 믿을 수 없는 눈치였다.

룬은 파이어소드를 시전했다. 시뻘건 파이어소드가 룬의 손에서 뻗어 나와 활활 타올랐다.

"우워."

파이어소드의 위용에 기사한명이 저도 모르게 탄성을 내질렀다.

"오러블레이드는 검이 있어야 합니다. 하지만 저는 맨손으로 이것을 일으켰습니다. 외관상 비슷해 보일 뿐 그 안에 깃든 힘은 분명 오러블레이드와 다른 겁니다."

이곳에 그 오묘한 차이를 느낄 수 있는 사람을 없었다. 룬 역시 이들에게 그 오묘한 차이를 설명할 길을 몰랐다.

룬은 뒤이어 매직미사일이며 아이스에로우와 같은 마법들을 선보였다. 처음에는 반신반의하던 기사들도 차츰 룬의 말을 믿기 시작했다.

"마법사인데 어찌 그토록 기묘한 움직임이 가능했던 겁니까? 또 어찌 리오도르님의 눈에 들 수 있으며 검술을 익힐 수 있는 겁니까?"

"검사가 마나를 익히면 몸이 강해지고, 반대로 마법사

는 육체적인 능력이 퇴보하는 것으로 알려져 있습니다. 이는 둘이 사용하는 마나의 용도가 다르기 때문입니다. 검사는 마나를 몸을 강화하는데, 마법사는 마법을 사용하는 데 사용합니다. 마법을 사용하기 위해서는 써클을 구성해야 하는 데 모든 에너지가 이곳에 집중되기 때문에 대마법사가 될수록 몸이 약해지는 겁니다. 때문에 검술을 할 수 없다 알려져 있는 거지요."

"그럼 주군은 아니라는 말입니까?"

"그렇습니다. 제 마나는 검사, 마법사 이런 것에 특정되지 않았습니다. 필요에 따라 마법을 사용하거나 검사처럼 몸을 날래게 하는 데 사용할 수 있는 거죠."

"그게 일전에 설명해주신 마나의 길이라는 것과 관련이 있는 겁니까?"

"그렇습니다. 마나의 길을 개척해 놓았기에 마나를 자유자재로 사용할 수 있는 겁니다."

"그럼 저희도 검을 익힘과 동시에 마법을 사용할 수 있는 겁니까?"

"그건 아닙니다. 저는 여러분에게 검사들이 사용하는 마나의 길을 개척해 주었습니다. 그 결과 자연스럽게 마나를 느끼게 된 겁니다. 이는 극한의 수련을 통해야 도달할 수 있는 마나유저의 길을 조금 빨리 달성할 수 있게 해준 것일 뿐, 제 마나연공과는 차이가 있는 겁니다."

그 말에 기사들이 조금 실망하는 눈치였다.

그를 본 룬이 말했다.

"설령 여러분들이 마법을 사용할 수 있는 마나연공을 익혔다 하더라도 마법을 부리는 것과는 별개입니다. 마법은 마나를 느끼는 자들중에서도 선택을 받은 극소수만 사용할 수 있는 영역이니까요. 게다가 설령 검과 마법을 사용할 수 있다 하더라도 동시에 두 가지를 연마한다는 건 불가능에 가깝습니다. 어차피 마나연공과 상관없이 둘 중 하나밖에 택할 수 없는 겁니다."

"하지만 주군은 둘 다 능통한 게 아닙니까?"

아니라는 듯 룬이 고개를 저었다.

"저는 무수히 많은 실전을 치렀습니다. 그래서 싸우는 기술을 배운 겁니다. 엄밀히 말해 저는 검술에 능하지 않습니다. 그저 싸우는 기술을 알고 있고, 거기에 검을 든 것일 뿐입니다."

기사들은 룬이 하는 말을 제대로 이해하지 못했다. 하지만 이에 대해 더는 묻지 않았다. 어차피 더 말한다 한들 이해하지 못할 것 같았기 때문이다.

"얘기가 길어 졌군요. 제가 순수한 검사가 아니라 하여 실망하셨습니까?"

"……."

대답은 없었다. 하지만 표정을 보건데 그런 기색은 별

로 안 느껴졌다. 오히려 역사상 극소수만 가능했다던 마검사를 주군으로 모시게 된 것이니 더 없는 영광이라 생각했다.

"음… 저는 어쩌면 한참 후에나 영지에 돌아갈 수 있을지 모릅니다. 여러분은 이제 루텐영지를 지탱하는 하나의 축입니다. 자세한 이야기는 가문에 가 하겠지만 제가 없더라도 영지를 잘 부탁드립니다. 그럼 이만 가보도록 하세요."

토르기사단을 만난 후 룬은 곧장 데이미안에게 갔다. 상황을 설명하자 지난번 반응과 달리 흔쾌히 알았다고 했다.

"국왕전하께는 내가 이미 말씀을 드렸으니 따로 말씀드릴 필요는 없어."

룬이 조금 의아한 듯 데이미안을 보았다.

"왜 그렇게 보나?"

"공주님과 함께 가는 게 탐탁지 않으시지 않았습니까?

"그 아이를 달리 살릴 방도가 없다는 사실을 받아들였을 뿐이야."

"현명하신 생각입니다."

룬은 자리에서 일어났다.

"바로 떠나도록 하겠습니다."

룬은 다시 이자벨리아의 거처로 갔다. 이자벨리아는

어느새 떠날 채비를 끝마친 상태였다. 방금까지 거절을 하던 것과는 실로 대비되는 빠른 준비였다.

"앤드류에게 전해 들어서 돌아가는 상황을 알아봤어요. 바로 떠나신다고요?"

그녀는 로브로 전신을 가리고 있었다. 얼굴까지 완전히 가렸지만 꽉 맞았기에 몸의 굴곡이 그대로 드러나 여자라는 것은 짐작이 되었다.

"예. 가실까요?"

룬과 이자벨리아는 루텐영지로 향했다. 룬은 백작가의 사람들을 만나 잠시 일이 있어 영지를 비워야 할 것 같다는 말을 남기고 북부항구로 갔다.

북부항구에서 둘은 트린베니아로 가는 배에 올라탔다. 트린베니아는 지금 전쟁 중이지만 아직 남쪽은 조금 여유가 있어 운항이 중단된 상태는 아니었다.

둘은 배 구석 적당한 곳에 자리를 마련했다.

"사람들에게 들키면 안 되니까 둘만의 애칭이 있어야 할 것 같군요."

룬이 말했다.

이자벨리아는 전신을 로브로 가리고 있었기에 답답한지 손을 뻗어 바닷바람을 느끼고 있었다.

"로사 어떤가요?"

"로사… 괜찮군요. 무슨 뜻인가요?"

"아무 뜻 없어요."

"어차피 잠시 동안만 사용할 애칭이나 아무 이유가 없는 게 좋겠군요."

그녀는 배에 탄게 즐거운 지 자리에서 일어나 제자리에서 뛰었다. 그러자 선원 한명이 다가와 뛰면 안 된다고 으름장을 놓았다.

그녀가 시무룩하며 다시 자리에 앉았다.

"신분을 숨기고 산 게 병때문이었습니까?"

룬이 물었다.

"공주의 신분으로 아무대서나 픽픽 쓰러지는 모습을 보일 수는 없잖아요. 발작을 한 번 하면 꽤 볼성사나운 모습이니까요. 물론 그 이유가 전부는 아니지만요."

그녀는 답답한지 로브로 자꾸 손이 갔다. 몇 번이고 모자만이라도 벗으려 하다 그만 두었다.

"제 병에 대해 자세히 알려주세요. 오라버니에게 얼핏 듣기는 했지만 본인도 모르고 있는 터라 제대로 알아 들을 수가 없었어요."

"음 그러니까…."

룬은 이자벨리아에게 구양절맥에 대해 설명했다. 생소하고 난해한 개념에 그녀는 데이미안과 마찬가지로 내용을 완전히 이해할 수는 없었지만 대강을 알아들었다.

"그러니까 넘치는 남자의 소울에너지를 마나연공으로

제어한다는 거군요."

이자벨리아는 자신의 몸속에 남자의 기운이 득실거리고 있다니 어쩐지 꺼림칙했다. 여색을 밝힌다는 소문이 돈 것도 그런 것과 연관이 있나 싶은 생각도 들었다.

"예. 저에 대해 의문이 많으셨을 거예요. 모리튼산맥에서도 그렇고… 왕자님께 들었다면 마법을 사용한다는 사실도 아시겠죠."

"마법을 사용한다고요?"

"… 왕자님이 아직 말하지 않은 모양이군요."

"예. 그럼 그때 모리튼산맥에서 잘못 본 게 아니군요."

"궁금하셨을 텐데 왜 물어보지 않으셨습니까?"

"숨기고 싶어 하시는 거 같아서요. 때가 되면 말을 해 줄 거라 생각했어요. 보세요. 이렇게 먼저 이야기 해 주셨잖아요. 저보다 오라버니가 먼저 알았다는 게 조금 섭섭하기는 하지만요."

그녀는 멀미가 나는 지 자리에서 일어났다. 룬도 그녀를 따라 일어났다. 둘은 좀 더 바람을 잘 느끼기 위해 갑판으로갔다.

"제 마나연공은 절대 누구에게도 누설이 되어서는 안 되는 거예요. 사부도 저 외에는 누구에게도 전수해 준적이 없죠. 신디아님의 어떤 경지에 오르느냐에 따라 누군가에게 전수해 줄 만큼이 될 수도 아닐 수도 있을 거예요. 만약 전자라도 절대 아무에게도 이 사실을 말하면 안 돼요. 제 마나연공을 배웠다는 사실조차 말이죠. 서운하더라도 어쩔 수 없어요."

"룬님 입장에서는 가문의 비기와 같은 것을 저에게 전수해 주시는 거잖아요. 그러니 어찌 서운하겠어요. 그리고 당분간 신디아가 아니라 로사에요."

이자벨리아가 유독 자신의 이름을 칭 할 때 목소리를 낮추었다.

"꼭 제국에 가야하나요?"

"음…."

"괜한 질문을 했네요. 미안해요. 저는 그냥 걱정이 돼서."

"괜찮습니다."

"바람이 좋아요. 좀 걸을까요?"

둘은 갑판을 따라 천천히 걸었다. 그러다 식사시간이 되자 간단한 빵과 스프, 그리고 감자위에 양파를 튀긴 것을 얹은 음식을 먹었다.

식사를 마친 다음 바람을 좀 쐐다 사람이 없는 구석자리에 가 앉았다.

"트린베니아에는 누가 있는 거죠? 얼마나 대단한 사람들이 있기에 제국의 공세에도 호언장담을 하시는 거죠?"

"위험할까봐 겁이 나십니까?"

"아주 아니라고는 말 못하겠네요."

"믿을만한 사람들이에요. 가보시면 알겁니다."

잠잘 시간이 되자 둘은 적당한 곳에 자리를 마련해 잠을 청했다. 쉴 새 없이 배가 움직이는 통에 잠자리가 영 마땅치 않았으나 피곤을 무기로 금세 잠에 빠졌다.

삼일정도가 흐르자 배는 트린베니아에 도착했다. 그동안 룬은 틈틈이 이자벨리아에게 마나연공을 전수해 주었다.

이자벨리아는 머리가 제법 좋아 수십가지나 되는 마나의 길을 단번에 외웠다. 아직 스스로 그 길을 순환시킬 정도는 안 되었기에 룬이 계속 보조를 해주었다.

"어느 순간이 되면 제 도움 없이 스스로 연공을 할 수 있을 거예요. 그렇게 연공을 하면 좀 더 상승경지로 갈 수 있는 길이 열리는 데 그때만 제가 도움을 주면 돼요."

"떠나기 전까지 스스로 깨우치지 못하면 어쩌죠?"

"걱정 마세요. 그럴 일은 없을 테니까. 시간이 되었으니 다시 연성을 시작하죠."

이자벨리아가 다리를 포개 앉았다. 룬이 그 뒤에가 등에 손을 대었다. 이자벨리아의 몸 속에서 이제는 익숙한 경로로 마나가 움직였다.

막 마나의 길을 돌던 그때 돌연 이자벨리아가 선혈 한 모금을 쏟아냈다.

룬이 얼른 이자벨리아의 등에서 손을 뗐다.

"괜찮으십니까?"

"예."

대답은 그렇게 했지만 그녀의 안색은 창백하게 변해 있었다.

'이게 어떻게 된 일이지? 마나연공을 하면 할수록 몸이 좋아져야 하는데 오히려 나빠지다니….'

룬이 급히 그녀의 몸을 살피니 맥박이 불안정하고 기혈도 뒤틀려 있었다.

"왜 그런 거죠?"

"아무래도 발작이 있고 얼마 되지 않아 무리하게 연공을 해서 그런거 같습니다."

"그럼 어떻게 해야 하죠? 우리에게 시간이 얼마 없잖아요."

"음… 당장 연공을 하는 건 무리고 일단 가던길을 마저 가야할거 같습니다. 방법은 가면서 생각해 보도록 하죠."

룬은 어떻게하면 마나연공을 제때 끝낼 수 있을까 고

민하며 롤로노펍으로 향했다. 롤로노펍이 있는 몰로니아 항구는 남쪽부근에 위치하고 있어 아직 전쟁의 여파가 번지지 않은 상태였다.

롤로노펍은 외관상 특별할 것이 없었다. 물론 트린베니아인의 기준에서 그렇고 룬이나 이자벨리아가 보기에는 조금 독특했다.

펍 임에도 외관은 거의 천막과 다름없었고 내부는 탁자나 의자라고 부리기도 민망한 나무통을 그대로 박아놓았다. 천장과 벽에는 관리를 안 한 건지, 아니면 트린베니아의 장식인지 괴상한 식물이 주렁주렁 달려 있었다.

룬과 이자벨리아는 적당한 곳에 가 앉았다. 한참을 앉아 있자 점원이 다가왔다.

"르니에르왕국에서 오셨습니까?"

대륙공용어이지만 사투리 비슷하게 들려왔다.

"예."

"그러셨군요. 이곳은 모든 게 셀프라 그렇게 앉아만 계시면 이상한 사람들로 오해받기 십상입니다."

"아. 그렇군요."

"주문하시겠습니까?"

"주문은 됐고… 오샤스를 만나고 싶습니다만."

"오샤스요?"

점원의 눈이 빛났다.

"따라오세요."

"잠시만 이곳에서 기다리고 계세요."

룬은 점원을 따라갔다. 지하 깊숙이 내려간 다음 문 몇 개를 지나자 음침한 공간 하나가 나왔다. 그곳에 있는 사람 한명이 룬을 보고 인사를 건넸다.

"반갑네."

"안녕하십니까."

"애드워드님께서 오샤스였습니까?"

순간 애드워드의 얼굴이 심각하게 변했다. 커다란 덩치에 뚜렷한 이목구비가 읽으러지니 감정의 변화가 더 뚜렷하게 나타나는 듯 했다.

"문제가 생겼어."

트린베니아가 일방적으로 밀리는 것을 보며 내심 짐작하던 바이기도 했다.

애드워드는 현 상황에 대해 설명을 하기 시작했다. 바르테오와 세 제자가 메지아를 완성시키기 위해 묶여 있는 사이 제국군이 예상보다 빠른 시간에 밀고 들어왔고 트라울라마저 죽어버렸다는 것이다.

"큰일이군요."

"제일 큰 문제는 트라울라가 죽어버렸다는 것이야. 메지아만 완성되면 지금의 상황쯤이야 얼마든지 역전 가능하지만, 그것이 무산됐으니 설령 바르테오님이 돌아온다고 해도 쉽게 장담을 할 수 없어. 물론 트린베니아가 점령당하는 것은 막을 수 있겠지. 하지만 그게 전부가 되어서는 안 돼."

"제국군이 그렇게 막강한가요? 아무리 수 앞에는 장사 없다지만 트라울라님과 같은 고수가 죽었다는 게 믿기지가 않군요."

"제국 역시 트라울라 못지않은 고수가 존재하는 것이지."

"발로스? 페르난도? 융카이?"

제국의 손꼽히는 고수들의 이름이 룬의 입을 타고 흘러 나왔다.

"아니, 첸젠이라는 자야. 알려지지 않았다 뿐 실력은 오히려 거론된 자들보다 못하지 않아. 게다가 무서운 건 제국에 아직 드러나지 않은 고수가 얼마나 더 있을지 모른다는 거지."

"첸젠이라…."

"아는 자인가?"

"예. 예전에 우연히 본적이 있습니다."

"그래?"

애드워드의 흥미가 동하는 듯 했다. 룬은 그와 만났던 이야기를 간략하게 설명했다.

"비정상적인 고수가 미치는 것은 의외로 흔히 볼 수 있는 일이지. 막강한 힘을 가질수록 그것을 제어하지 못할 때 오는 타격이 더욱 크니까. 안타까운 일이로군. 회복이 되지 않았다면 오히려 제국에는 독이 될 수도 있었을 텐데…."

애드워드는 르니에르왕국에 쭉 살았던 룬이 어떻게 제국에서 첸젠을 만날 수 있었는지에 대해서는 묻지 않았다.

"직접 겪어본 바로는 아마 애드워드님께서 생각하시는 그 이상의 실력일 겁니다."

"그 정도인가?"

"예. 지금보다 약했을 때 만나기는 했지만 정신이 온전치 못한 상대를 손 한번 제대로 써보지 못한 것을 감안하면 트라울라님이 감당할 수 없는 상대임은 분명합니다."

룬의 말에 애드워드는 심각한 얼굴을 하기는 했지만 자신감을 잃은 것 같지는 않아 보였다.

"그가 얼마나 강하든 메지아만 완성된다면 문제 될 것이 없을 거야… 하지만 트라울라가 죽어버렸으니…."

"그 자리를 누군가 대신하면 되는 거 아닙니까?"

"그렇게 쉬운 일이 아니야. 그랬다면 진작 대체할 만한 사람을 찾아 놨겠지. 바르테오의 네 제자는 각각 메지아의 속성에 맞는 기운을 타고난 자들이야. 불의 힘을 받기 위해서는 마찬가지로 불의 기운을 타고난 자여야 해. 그것이 트라울라였지."

말을 하던 애드워드가 순간 좋은 생각이 난 건지 손바닥을 쳤다.

"자네는 불의 정령왕과 계약을 했지? 그럼 불의 기운이 극대화 된 상태라 할 수 있겠군. 어쩌면 자네가 그 자리를 대신 할 수 있을지도 모르겠군."

룬은 그 말에 동감하지 않았다. 불의 정령왕과 계약한 것은 요정의눈물 덕이지 불의 기운을 타고 났기 때문이 아니었다. 무엇보다 이미 마나연공을 연성했기에 다른 기운을 받아 들이는 데 적합하지 않을 터였다.

'가만… 불의 기운이라면 남자를 상징하는 것이고, 그렇다면 구양절맥을 앓고 있는 신디아님이야 말로 그 자리에 적합한 인물일지 몰라. 만약 그렇게 될 수만 있다면 더 강대한 힘으로 양기를 제어할 수 있을 거야.'

"저 말고 다른 적합한 사람이 있을지도 모를 거 같습니다."

"그게 누군가?"

"저와 함께 온 일행입니다."

"단순히 길잡이는 아닐 거라 생각했는데. 무슨 특별한 것이 있나?"

룬은 이자벨리아의 상태에 대해 짤막하게 설명했다.

"양기란 남자의 에너지를 상징하고 이는 불의 기운과 연관이 있습니다. 이야기를 들을수록 그분이야 말로 메지아를 받아들이는 데 적합한 사람이라는 생각이 드는군요."

"그를 좀 볼 수 있을까?"

"예."

룬과 애드워드는 다시 펍으로 올라갔다.

"첸님과는 어떤 연유로 헤어지시게 된 겁니까?"

"뜻이 달랐던 거지. 르니에르왕국으로 갔다는 소식은 들었는 데, 잘 있을지 모르겠군."

"애드워드님을 그리워하는 거 같습니다. 트린베니아에 오고 싶지만 혼자가 아니기에 쉬이 움직이지 못하는 거 같습니다."

그 말에 애드워드가 씁쓸하게 웃었다.

"기왕지사 이렇게 된 거 각자의 자리에서 각자의 길을 가는 편이 나아."

"후회하지 않으십니까?"

"선택에는 늘 후회가 따르는 법이니까."

둘은 계단을 오르며 이런저런 이야기를 나누었다. 어느새 펍으로 올라온 룬과 애드워드는 이자벨리아가 있는 탁자로 갔다.

눈을 가늘게 뜨며 이자벨리아를 살피던 애드워드는 무

언가를 본 듯 흠칫 놀랐다.

"어찌 여인의 몸으로 이런 기운을…."

"왜 그러십니까?"

"자네 말이 맞았어. 이 분이야 말로 불의 기운을 타고 난 몸. 트라울라와 비견 될 정도의… 아니 그보다 월등한 불의 기운을 타고났어."

이자벨리아는 둘이 무슨 이야기를 나누나 의아한 얼굴로 둘을 번갈아가면서 보았다.

룬은 이자벨리아에게 현 상황에 대해 짤막하게 설명을 했다.

"만약 성공만 할 수 있다면 양기를 제어할 수 있을 거예요. 그럼 마나연공에 더 이상 얽매이지 않아도 되죠."

룬의 목소리는 조금 들떠 있었다.

"좋아요. 해보겠어요."

이자벨리아가 애드워드를 살짝 본다.

"이분은 누구신거죠?"

"소개가 늦었습니다. 애드워드라고 합니다."

"명왕 애드워드!?"

로브에 가려 얼굴이 드러나지는 않지만 제법 놀란 눈치였다.

"실례가 안 된다면 얼굴을 볼 수 있습니까?"

애드워드가 말했다.

"이분은 르니에르왕국의 공주님이십니다."

애드워드 역시 그 말에 살짝 놀란 눈치였다.

애드워드는 타국의 공주가 메지아의 힘을 얻게 되는 것이 과연 괜찮은 것인가 생각했다. 르니에르왕국이 트린베니아와 우호적이기는 하지만 꺼려지는 것은 분명했다.

하지만 메지아를 완성시키기 위해서는 이자벨리아의 존재가 절대적으로 필요했다. 누군가 그 역할을 대신해야 한다면 차라리 신원이 확실한 이자벨리아가 나을 거라는 생각이 들었다.

"시간이 없으니 당장 가도록 하지. 이렇게 이야기를 나누고 있는 사이에도 제국군들은 몰려오고 있을 거야."

애드워드가 자리에서 일어났다. 룬도 뒤를 따랐다. 이자벨리아는 현 상황에 대해 더 자세한 설명이 필요했지만 상황이 급격하게 돌아가는 것 같아 군말 없이 따르기로 했다.

셋은 메지아가 있는 안토지역으로 향했다.

"그러니까 그 메지아라는 게 정확히 뭐하는 물건인가요? 아니 물건인 건 맞나요? 그리고 대체 상황이 어떻게 돌아가고 있는 거죠?"

룬을 보고 한 말이지만 애드워드가 답해주길 바라고 한 질문이었다.

애드워드는 그 미묘한 이자벨리아의 뉘앙스를 눈치 채

지 못한 건지 설명을 하는 것이 꺼려지는 건지 대답이 없었다. 침묵이 길어지자 결국 룬이 대답을 했다.

"저도 잘 모르겠습니다."

조금 성의 없어 보이기도 했지만 그것이 사실이었다. 룬도 메지아에 대해 짤막하게 주워들은 게 전부였다.

"답답하시겠지만 일단 그냥 가보는 게 좋을 거 같습니다."

이자벨리아가 순순히 고개를 끄덕였다.

"혹시 메지아를 완성시키려는 게 단순히 힘을 얻기 위한 것 말고 다른 이유가 있습니까?"

한참을 움직이던 룬이 지나가듯 물었다.

"다른 이유라니?"

"메지아를 완성시키지 못한다면 본인의 힘을 이기지 못해 문제가 생긴다거나 하는…."

애드워드가 발걸음을 쉬지 않은 채 예의주시한 눈으로 룬을 보았다.

"자네 말이 맞아. 그들은 특별한 에너지를 가지고 있는 대신 메지아를 완성시키지 못하면 제 기운을 이기지 못해 화를 당할 운명이지. 그 사실을 어떻게 알고 있지?"

"비슷한 경우를 본적이 있어서 으레 짐작해 본겁니다."

대답을 하며 룬은 생각했다.

'그럼 바르테오님의 제자들 역시 구양절맥과 비슷한 경우인건가. 사부는 양기와 음기로 나눴지만 이들의 경우는 자연의 사대속성으로 나눠진 경우겠구나. 소울에너지는 한 가지 성질로 구성 된 게 아닐 테니 어떻게 구분을 하는지는 사실 의미가 없을 지도 몰라.'

룬과 애드워드는 이후 가벼운 이야기를 주고 받았다. 이런저런 이야기를 나누다 보니 어느새 안토에 도착했다. 안토는 아주 조그마했다. 트린베니아 내에서도 꽤 촌락에 속했다. 얼마나 정보가 어두운 건지 전쟁이 발발한 것도 모르는 듯 평화롭기 그지 없었다.

사내들의 모습은 영락없는 시골 촌부의 모습이었는 데 하나같이 몸은 우락부락했고 풍기는 기도가 남달랐다. 과연 전투민족 트린베니아라 할만 했다.

"사람들의 시선에 띠어 좋을 게 없을 테니 조금 돌아가는 게 낫겠군."

남자는 아랫부분을 풀과 나뭇가지로 만든 옷을 입었고 여자는 아랫부분과 윗부분을 역시 비슷한 형태로 만들어 입었다.

그런 와중에 룬과 이자벨리아의 복장은 단연 눈에 띄는 것이었다.

"제국군으로 오해받을 수도 있겠군요."

"아니, 이들은 트린베니아 내에서도 유독 폐쇄적인 자

들이라 다른 곳에서 온 것을 알면 시비를 걸어올 거야."

사람의 시야가 닿지 않는 마을 외곽으로 돌아 얼마간 가니 지하에 밀실이 나타났다. 밀실은 결계도 없었으며 누군가 지나가다 한 번 쯤 발견을 할 수도 있을 것처럼 보였다.

셋은 그곳으로 들어갔다.

"이곳이 메지아가 있다는 곳인가요?"

애드워드가 고개를 끄덕였다.

"생각보다 눈에 띄는 곳에 있군요."

"이곳은 성지야. 최소한 트린베니아 사람이라면 누구든 들어오지 않을 거야."

"그래서 주변에 사람들이 한 명도 없었군요."

"트린베니아는 미신을 숭배하지. 성지에 발을 들이면 남자는 강함을 잃고 여자는 아름다움을 잃는다고 생각해."

룬은 고개를 끄덕였다.

"신기한 곳이군요."

"신기한가?"

밀실을 특이할 게 없었다. 흔히 볼 수 있는 돌로 벽을 만들었고 바닥 역시 같은 재질이었다. 아무 문양없이 하얀색이라는 게 특이하다면 특이하겠지만 오히려 단조롭다는 표현이 더 어울렸다.

"막대한 힘을 지니고 있을 텐데 전혀 느낄 수가 없으니 신기할수밖에요."

"그건 장소의 문제가 아니라 메지아의 특성이지."

얼마간 걷다보니 커다란 문 앞에 당도했다. 안으로 들어가자 여태까지와는 완전히 다른 광경이 펼쳐졌다. 중앙에 거대한 크리스탈이 있었고 네 갈래로 길이나 그 끝에 둥근 원기둥이 있었다.

크리스탈에는 바르테오가 선채로 잠이 든 듯 있었고 세 원기둥에는 다른 제자들이 마찬가지 자세로 있었다.

군말 없이 둘을 따르던 이자벨리아가 침을 꼴깍 삼켰다. 룬 역시 내색은 하고 있지 않지만 내심 긴장이 되는지 손에 땀이 났다.

"이게 메지아라는 거군요. 막연하게 생각만하다 직접 보니 실로 엄청나군요."

룬은 크리스탈에 채워진 세 가지 색을 보았다. 노랑, 파랑, 초록.

"빨강이 없는 건 불의 기운이 부족하기 때문이겠군요."

"맞아."

"정말이지 멋있어요."

룬은 저도 모르게 메지아의 앞으로 갔다.

"멈춰!"

애드워드가 다급하게 룬을 붙잡았다.

"안으로 들어가면 영락없이 메지아에 붙들리고 말아."

"아."

갑자기 정신이 번쩍 들었다.

"우선 메지아에 불의 힘을 채우는 게 먼저야. 그리고 그 힘을 받을 사람이 저 곳에 들어가야 해."

애드워드가 나머지 빈 원기둥을 가리키며 말했다.

"힘은 어떻게 채우는 겁니까?"

룬이 물었다.

"불의 힘을 사용하는 순간 메지아가 자연스레 흡수하게 된다고 하더군."

룬이 돌연 파이어스톰을 시전 했다. 파이어스톰은 7써클 대마법으로 룬이 사용할 수 있는 불 계열 마법 중 가장 강한 마법에 속했다.

룬의 몸에서 불의 소용돌이가 서서히 피어올랐다. 그때 메지아에서 빛이 뿜어져 나와 룬에게 향했다. 룬은 갑자기 온몸에 힘이 쭉 빠져나가는 느낌을 받았다. 그건 단순한 느낌만이 아니었다.

어느새 룬의 몸을 감싸던 불의 소용돌이는 깨끗이 메지아에 흡수되었다. 중앙에 놓인 크리스탈에 아주 미미하게 붉은 색이 맴돌았다. 하지만 곧 밑 빠진 독처럼 순식간에 사라졌다.

"굉장하군요. 전력을 다하지 않았다지만 파이어스톰을 고스란히 흡수하고도 반에반도 채워지지 않는다니…."

"더욱 기운 빠지게 만드는 건 한 번에 채우지 않는 이상 원점으로 돌아온다는 것이지. 할 수 있겠나?"

룬은 긴장이 되는 지 연신 땀을 훔쳐댔다.

"예."

짧은 대답속에서 긴장하는 것과 달리 강한 자신감이 엿보였다.

둘의 대화를 듣던 이자벨리아는 현 상황이 신기하면서도 호기심이 생겼다. 무엇보다 룬이 어떻게 저 메지아란 것에 불의 기운을 모두 채울 수 있을지 궁금했다.

"잠시 나가주세요."

"시작하려 하는가?"

"예."

애드워드와 이자벨리아가 장내를 벗어났다. 이자벨리아는 눈앞에서 메지아가 채워지는 것을 보지 못하는 게 아쉬운 기색이었다.

둘이 나가는 것을 확인한 룬이 불의 정령왕을 소환했다. 이프리트를 소환하는 방법은 특별한 것이 없었다. 둘은 보이지 않는 계약의 끈으로 이어져 있기 때문에 룬의 의지가 곧 소환을 하는 방법이었다.

이프리트가 인계로 현신하자 주위가 곧 붉게 물들기

시작했다. 등장만으로 주변을 완전히 그의 영역으로 만들어 버릴 만큼 위용이 대단했다. 룬은 부산함 속에서 편안함을 느꼈다.

–오랜만이군.

이프리트의 음성은 지난 번 보다 더욱 또렷이 들렸다.

"반갑습니다."

대답을 하며 룬은 메지아를 힐끔 바라 보았다. 메지아가 불의 기운을 빨아들이는 힘이 있다면 이프리트의 소환만으로 붉게 물들고 있어야 했다.

하지만 파이어스톰에도 반응을 하던 메지아에 아무런 변화가 일어나고 있지 않았다.

–불의 힘을 잡아 먹는 괴물이라…

룬은 메지아가 파이어스톰을 흡수하는 것을 직접 격어 보았다. 때문에 메지아의 흡수력이 얼마나 강제적인 지 잘 알고 있었다. 그것은 신의 은총처럼 도저히 거역할 수 없는 것처럼 보이기까지 했다.

하지만 이프리트의 앞에서는 메지아의 강력한 힘마저 무용지물인 듯 했다.

–령 감옥?

"아시는 겁니까?"

–령 감옥을 말 그대로 정령을 가두는 감옥이지. 신의 분노를 반역자를 잡기 위해 만들었지만 그만 실패하여 끝

없이 정령들을 빨아먹는 괴물이 된 거지. 얘기만 들었지 실제로 보는 건 나도 처음이군.

"이프리트님께서도 모르는 게 있습니까?"

룬은 왠지 신기했다.

-오늘 직접 보니 신이 만들었다는 것 헛소리에 지나지 않는군. 신이 이렇게 나약한 것 따위를 만들었을 리 없을 테니 말이야.

룬은 파이어스톰을 통해 메지아에 깃들어 있는 힘이 얼마나 거대한지 알았다. 7써클 대마법의 힘으로도 간신히 일할을 채울 정도니 모두 모인다면 감히 상상할 수 없는 힘이었다.

하지만 정령왕의 존재 앞에서는 그런 메지아조차 가소로운 모양이었다.

룬은 문득 정령계에 갔었을 때가 떠올랐다.

'내 힘으로 카사한마리조차 제대로 당해낼 수 없었지… 하급정령이 그 정도 일 텐데 정령왕이라면 말 다했겠지.'

"제 부탁은 들어주실 거죠?"

-계약자와의 맹약은 절대적인 것이다.

순간 형체가 없이 타는 형상이었던 이프리트의 모습이 점점 축소되더니 인간처럼 변해갔다. 그 크기는 오거에 달할 만큼 컸다.

—이 정도면 되려나.

이프리트는 고개를 갸웃했다.

—아니야 좀 더 낮춰야겠어.

이프리트의 크기가 좀 더 작아져 덩치 큰 사람만해졌다.

—이건 너무 약한가?

이프리트의 크기가 다시 조금 더 커져 트롤정도만해졌다.

"뭐하십니까?"

—조용히 해. 집중해야 하니까.

"설마 힘을 조정하고 계신 겁니까?"

—그래. 저 따위 미물로는 내 힘을 온전히 감당할 수 없으니 맞춰줄 수밖에… 인간 계약자 때문에 별짓을 다하는군.

투덜 대는 와중에도 이프리트의 크기는 커졌다 줄어들었다를 반복했다. 그러다 결국 접점을 찾았는 지 변화를 멈추었다.

마지막 크기는 사람보다 아주 약간 큰 정도였다.

"힘을 맞추려면 꼭 크기를 변해야만 하는 겁니까?"

—…….

대답이 없는 것으로 보아 꼭 그런 것만은 아닌 듯 싶었다.

"저 물건에 힘을 비축해 두었다 인간들에게 돌려주는 것인가."

이프리트의 모습은 완전히 인간으로 변해 있었기에 말 또한 보통의 인간이 하는 것처럼 들려왔다.

"예."

대답을 하면서 룬은 이프리트를 살폈다. 맹약을 맺은 사이이지만 그 안에 깃든 힘을 감히 느낄 수 조차 없었다.

'사부와 비교한다면 누가 더 강할까?'

룬은 사부의 실력을 잘 안다고 생각했다. 인간의 한계라는 7써클에 올랐고 사부가 아무리 강해도 그 수준에서 크게 벗어날 것이라고는 생각지 않았다.

하지만 지난번 보이지 않는 벽을 허물어 버린 후 크게 착각하고 있음을 깨달았다. 애초에 그 한계란 잣대 자체가 통용되지 않는 것이었다.

두 사람 중 하나의 실력도 파악할 수 없으니 비교하기란 불가능했다. 그래도 룬은 이프리트가 훨씬 강할 것이라 으레 짐작했다.

"내 힘을 받을 사람을 보고 싶군."

이프리트가 말했다.

룬이 밖으로 나가 이자벨리아를 데리고 왔다. 호기심이 생긴 애드워드가 체면도 잊고 은근슬쩍 따라왔다.

이자벨리아는 이프리트를 보더니 흠칫 놀랐다.

'분명 저 네명 말고는 아무도 없었는 데….'

그런 이자벨리아와 달리 애드워드는 이프리트의 존재를 대강 짐작했다. 다만 그 모습이 인간과 다를 것이 없어 조금 의아해할 뿐이었다.

이프리트의 시선이 애드워드에게 향했다. 애드워드는 이자벨리아에 비해 현저히 강하니 자연스레 시선이 그리로 간 것이다.

하지만 시선은 금세 이자벨리아에게 닿았다.

이자벨리아를 빤히 보던 이프리트의 몸이 돌연 고무줄처럼 늘어지더니 그녀의 앞으로 갔다. 이프리트는 마치 개가 사람의 냄새를 맡는 것처럼 이자벨리아의 이곳저곳에 얼굴을 갖다 대었다.

이자벨리아는 이프리트의 행동에 당황했지만 이상하게도 움직일 엄두를 내지 못했다.

애드워드는 그저 신기한 듯 이프리트의 움직임을 살피고 있었다.

"드래곤의 힘을 가진 인간이라… 과연 내 힘을 받을만한 자격이 있군."

돌연 이프리트의 몸이 다시 원래의 모습으로 돌아가기 시작했다. 장내는 이프리트의 열기로 가득 찼다. 이프리트는 존재하지 않으나 존재했다. 형체는 없으나 장내를 가득 매우고 있는 붉은 빛 그 자체가 이프리트였다.

이자벨리아는 소스라치게 놀랐다. 이 붉은 빛… 어디선가 본적이 있었다.

'모리튼산맥… 그럼 그때 이자가 나타났었던 거였나. 이자는 대체 누구지? 아니 그보다 대체 이 빛은 뭐지.'

이자벨리아는 방금 본 사내가 이프리트며, 장내를 매우고 있는 붉은 빛 자체 역시 이프리트라는 사실은 짐작도 못하고 있었다. 그저 방금 사내가 기묘한 술법을 사용했다고 생각할 뿐이었다.

"궁금하지 않나? 과연 이 인간이 내 힘을 얼마나 받아들일 수 있는지?"

"대체 드래곤의 힘이란 게 뭡니까?"

룬이 묻는 사이 갑자기 거센 돌풍이 불었다. 어찌나 거센지 등을 돌리지 않고는 버텨낼 재간이 없었다.

"꺄아악."

돌풍과 함께 이자벨리아의 몸이 붕 뜨더니 돌연 마지막 남은 둥근원기둥으로 날아갔다.

"안 돼!"

룬이 다가서려 하자 강력한 무언가에 막힌 듯 더 이상 진입을 할 수 없었다.

이자벨리아가 원기둥으로 들어가자 크리스탈에 붉은색이 채워지기 시작했다. 이자벨리아는 빠져나갈려고 발버둥쳤지만 강력한 힘에 의해 꼼짝도 할 수 없었다.

주위를 뒤덮고 있던 이프리트의 빛은 붉은색으로 채워지는 크리스털에 비례해 서서히 약해지기 시작했다.

"이자벨리아님의 몸으로는 정령왕의 힘을 받아낼 수 없어요. 목숨을 잃을 수도 있을지도 몰라요."

들려오는 대답은 없었다.

"소환자와의 약속은 깰 수 없는 거라면서요. 이건 얘기가 다르잖아요."

룬은 파이어소드를 보이지 않는 벽을 향해 휘둘렀다. 그 벽에 닿자마자 파이어소드는 흔적도 없이 사라졌다. 온갖 마법과 마나술을 이용해 다가가려 했지만 소용없었다.

그러는 사이 어느 덧 크리스탈에 붉은색이 꽉 찼다.

우우웅!

크리스털에서 빛이 뿜어져 나오더니 네 가지 속성의 힘이 한데 섞이기 시작했다. 그중 붉은 기운이 이자벨리아에게로 향했다.

이자벨리아는 불의 힘이 몸으로 전해지는 것을 느꼈다. 처음에는 강력한 힘이 몸에 채워지니 힘이 솟았다. 하지만 시간이 점점 지날수록 버거워지기 시작했고 이내 버틸 수 없는 지경이 되었다.

여태까지의 삶이 주마등처럼 스쳐갔다.

'이렇게 죽는 건가?'

그렇게 생각하는 순간 메지아의 앞에 강력한 소용돌이가 일어나기 시작했다. 소용돌이는 메지아와 이프리트를 제외하고는 모든 것을 날려 버렸다.

룬과 애드워드는 저 멀리 날아가 의식을 잃고 쓰러졌다.

어느새 소용돌이는 사라지고 없었다. 그런데 소용돌이가 일어난 중심에 특이한 차림을 한 사내가 서 있었다. 사내는 지금 상황이 어리둥절한지 자신의 양손을 내려다 보며 고개를 갸웃하고 있었다.

"이게 어떻게 된 거지?"

검은 머리에 검은 눈동자를 가진 사내는 피부가 하얗고 굉장한 미남이었다. 곱상한 얼굴과 대비되게 목소리는 제법 굵었다.

어리둥절해 하던 것과 달리 사내는 금세 상황을 받아들이고는 호기심어린 얼굴로 주변을 살폈다. 사내는 본능적으로 메지아에 다가가려 하다 귀신이라도 본 듯 화들짝 놀라 뒤로 한 발 물러났다.

"누구냐?"

…….

사내는 긴장한 얼굴로 주변을 둘러보았다. 사내가 느낀 대상이 메지아에 있는 다섯이 아니라는 것은 분명했다. 사내는 곧 자신이 두려움을 느낀 대상이 이곳을 감싸고 있는 빛 그 자체라는 것을 깨달았다.

—내 힘이 고작 인간 하나를 소환하는 데 쓰이다니…
이상한 일이군.

"썩 모습을 드러내거라!"

—내 네놈을 잡아 그 연유를 알아봐야겠구나.

어느새 주위를 뒤덮고 있던 붉은 기운이 사라졌다. 그리고 그 대신 그 기운을 고스란히 담고 있는 사내 한명이 나타났다.

갑자기 등장한 검은 머리의 사내, 그리고 이프리트.

둘은 서로를 바라보았다.

"알리제성을 넘으니 한결 수월하군요. 보급도 지체 없이 되고 있고 이대로만 가면 한 달 안에 모두 점령할 수 있을 거 같습니다."

모리엔의 말대로 알리제성을 넘은 제국군은 그야말로 야생마처럼 트린베니아를 질주했다. 트라울라라는 구심점까지 사라진 마당에 더 이상 거칠것이 없었다.

전선에 출발을 하기전부터 예견된 사실이고 실제로 그러했다.

이제 앞으로 전진할 일만 남았는 데 첸젠의 표정이 썩 좋지 못했다.

"무슨 근심이라도 있으십니까?"

"아무래도 야만용사의 마지막 말이 걸려."

"거칠 것 없이 트린베니아를 호령하다 허무하게 죽게 생겼으니 얼마나 억울하겠습니다. 죽기 전 마지막 발악을 한 걸겁니다. 그렇지 않다면 트린베니아군이 추풍낙엽으로 죽어나가고 있는 마당에 야만용사가 말한 동료들 나타나지 않을리 없지 않습니까?"

"글쎄…."

모리엔의 말에도 첸젠의 얼굴은 여전히 좋지 못했다.

"누가 있든 무슨 상관이 있겠어. 누구든 부셔버리면 그만이지."

첸젠은 광활한 트린베니아의 땅을 바라보았다.

"한 달은 너무 길어. 보름. 딱 그 안에 이곳을 점령한다."

"그래야 첸젠님이죠!"

모리엔이 씨익 웃었다.

"여기서 길이 나뉘는 데 어떻게 하실 겁니까?"

"어쩌긴 우리는 진군하고 일부의 병력만 보내 쓸어리라고해. 아무리 보잘 것 없는 곳이라도 단 한군데도 그냥 지나칠 수 없어."

"넉넉잡아 오백명정도면 될 거 같아요. 기사 열에 보병과 레인저로 구성하면 충분할 거 같습니다. 마법사까지 대동하면 백만분의 일의 확률도 없앨 수 있고요. 지휘는 제가 하도록 하겠습니다."

첸젠이 모리엔을 빤히 쳐다본다. 오백명으로도 점령할 수 있는 아주 조그마한 지역이었다. 그런 곳에 굳이 부단장인 모리엔이 간다는 건 너무 넘치는 전력이었다.

"안토지역의 술과 여자가 트린베니아에서도 으뜸이라는 이야기는 종종 들었지."

"헤헤."

"알아서 하도록 해."

"감사합니다."

"기왕 가는 김에 병력을 더 보태줄테니 안토를 시작으로 남부지역까지 싹 정리하는 것도 나쁘지 않겠군. 적당한 군사를 꾸려가도록 해. 셈을 하는 능력은 나보다는 네 놈이 뛰어날 테니."

"예."

갑작스레 막중한 임무가 주어지자 모리엔은 가슴이 두근거렸다.

모리엔은 첸젠이 말한 것에 두 배 정도 되는 병력을 꾸려 안토지역으로 향했다. 안토지역은 들어가는 길이 협소해 진군은 생각보다 더뎠다. 날씨까지 습해 병사들이 금세 지쳤다.

"저쪽에서 잠시 쉬도록 한다."

모리엔은 적당한 곳에 자리를 잡고 앉았다. 주위는 온통 풀로 덮인 들판이었다. 들판 끝 쪽에 안토로 들어가는 다리가 놓여 있었다.

한참을 쉬고 있는 데 돌연 폭발소리가 들려왔다. 소리뿐만 아니라 그 기세가 얼마나 대단한지 대지가 울릴 정도였다. 모리엔은 기사와 마법사 몇을 대동해 폭발이 생긴 곳으로 향했다.

폭발이 일어난 곳에는 지하로 통하는 통로가 있었다. 모리엔과 병사들은 통로로 내려가기 시작했다.

〈6권에서 계속〉